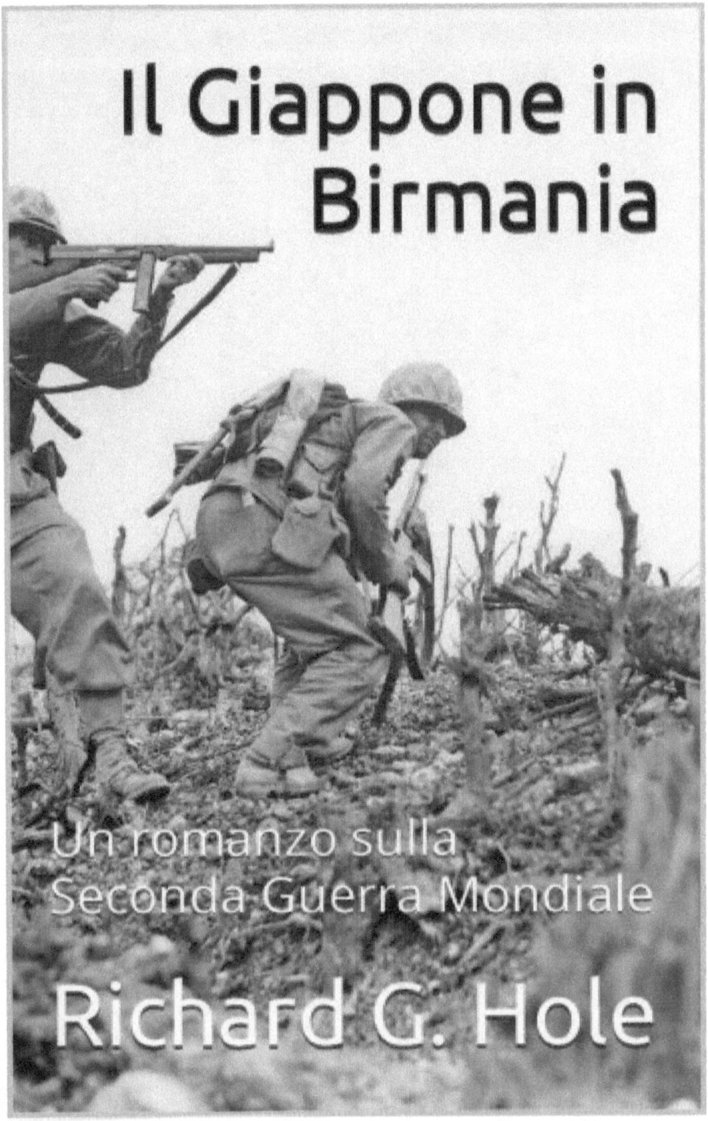

Il Giappone in Birmania

Un romanzo sulla Seconda Guerra Mondiale

Richard G. Hole

Il Giappone in Birmania
Un romanzo sulla Seconda Guerra Mondiale

1

Richard G. Hole

Seconda Guerra Mondiale

SINOSSI

I giapponesi si sentono sicuri e fiduciosi.

Stanno avanzando su quasi tutti i fronti dell'Asia ed è solo questione di poco tempo prima che posseggano tutta la Birmania.

La strada per l'India sembra aprirsi per loro, solo che dovranno ancora superare qualche difficoltà...

Il Giappone in Birmania è una storia appartenente alla raccolta della Seconda Guerra Mondiale, una serie di romanzi di guerra sviluppati durante la Seconda Guerra Mondiale.

IL GIAPPONE IN BIRMANIA

I

Questo è Assam, in India.

Fa parte dell'AVG. Cioè, "American Volunteer Group", sotto il comando del generale Chennault. Stiamo combattendo i giapponesi in Birmania, trasportando materiale per l'esercito cinese.

L'autostrada della Birmania è caduta, ma resta aperta quest'altra via aerea, dove circola benzina per aviazione che sarebbe dovuta provenire da Yenanyaung nell'interno della Birmania; munizioni da Rangoon, vestiti, cibo e uomini dall'America.

Perché è l'arteria vitale che alimenta l'AVG di Chennault, sotto il comando supremo del Generalissimo Chiang-Kai-Chek.

Per me è un lavoro noioso. L'unica differenza tra un'unità di trasporto aereo e un gruppo di camion è che vanno via terra e tu voli. Altrimenti è lo stesso.

Non era questo il mio obiettivo venendo qui. Kunming, sull'altopiano dello Yunnan, dove c'era il gruppo dei "Flying Tigers", questo era il mio obiettivo. Un luogo dove i giapponesi potevano essere uccisi ogni giorno. Un luogo dove poter riscuotere il debito che mi aveva portato in Estremo Oriente.

Domani, però, le cose andranno meglio per me. Il colonnello Scott, che si è unito al gruppo, ha ottenuto un apparato di caccia per proteggere i convogli.

E ne ho un altro. Domani lo proverò.

Ma questo sarà domani. Ora devo solo preoccuparmi di guidare questa jeep lungo la strada malconcia e raggiungere Sibsagar prima che inizi a piovere. Sono invitato a una piccola festa e mi dispiacerebbe se qualcosa mi impedisse di essere puntuale.

Fortunatamente, la pioggia non inizia finché non arrivo a Sibsagar. Raggiungo sano e salvo il "bungalow" di Mohammed Azher-Khan e un indiano con un turbante bianco prende la macchina.

Mohammed Azher-Khan è un brigadiere dell'esercito indiano e di solito dà queste piccole feste. Vi saluto brevemente e lascio il mio contributo sulla tavola appositamente preparata; È una bottiglia di "whisky", direttamente dal Kentucky.

Maometto, in quanto maomettano, non bevé vino, ma spesso si assaggiano le bevande più forti di tanto in tanto.

Improvvisamente, una volta che sono tra gli ospiti, scopro di non essere attratto dall'essere parte dell'incontro. Semplicemente non mi diverte.

La pioggia ha smesso di nuovo; Mi verso un po' di whisky e, bicchiere in mano, scendo in giardino. Percorro le piante, principalmente palme di varie specie; Mi siedo su una panchina di pietra, ancora bagnata, e penso.

I giapponesi sono lì, dietro le colline di Naga, che avanzano verso l'India. Sono nani gialli che hanno fatto della morte un'istituzione; dicono che non ne hanno paura. Ragiono che se non temi la morte, devi ignorare la paura. Il fatto che siano già così vicini dimostra che sono resistenti come l'acciaio.

Saremo noi americani di AVG all'altezza della situazione? La paura apparirà nei nostri ranghi?

È il grande dubbio. I "Flying Tigers" stanno facendo una grande campagna. Sono uomini di un carattere speciale. Aspiro ad essere uno di loro. E, ancora, c'è il dubbio proprio lì, accanto a me.

Non è un buon segno. Lo so molto bene. Bevo il "whisky" in un sorso e poso il bicchiere sulla panca.

"Premuroso, Capitano? "La voce viene da destra.

guardo laggiù. Riesco a distinguere la forma imprecisa di una donna, ricoperta dal tradizionale sari indiano. Non vedo la sua faccia, ma ha una voce musicale e mi trovo molto solo.

Indico la panchina.

"Vieni qui e di' qualcosa" gli ordino.

È molto giovane. Non può avere più di sedici anni. Oppure potrebbero essere più di venti. Non ho un buon occhio per queste cose quando si tratta di persone della mia stessa razza. Con questi esseri esotici il calcolo è impossibile.

Si siede e sorride.

"Mi chiamo Godda", dice.

"Puoi chiamarmi Frank" sorrido.

È molto bello parlare con Godda. Sono contento di essere venuto alla festa, anche solo per essere in un giardino indiano con questa giovane donna di un'altra razza, sotto le stelle di un cielo tropicale.

* * *

Alle 7.30 del mattino, secondo il mio orologio, salto nell'abitacolo del magnifico P-40E, conosciuto con il nome di "Kittyhawks".

Regolo i pedali del timone e mi allaccio con la cintura di sicurezza; poi apro la chiave di accensione e premo il quadro. Il motore inizia a ruggire. L'elica a tre pale, alta undici piedi, scompare alla mia vista per diventare un cerchio trasparente che altera il panorama davanti a me.

Questo motore "Allison", uno dei moderni motori ad alta potenza, non ha bisogno di riscaldarsi; in pochi secondi sono in rullaggio verso la pista, pronto al decollo.

Lo allineo e do gas. La velocità aumenta gradualmente. Tiro il joystick e mi ritrovo a mezz'aria. Prendo il carrello di atterraggio e guadagno quota. Descrivo una curva sugli alberi che costeggiano il campo e sorvolano le piantagioni di tè, verdi, quasi dello stesso colore di come appaiono sulle mappe.

Collego la radio per ascoltare le informazioni riguardanti la presenza di dispositivi nemici, senza risultato al momento. Ma mezz'ora dopo, un posto di osservazione britannico segnala diversi velivoli non identificati.

Il posto è da qualche parte nelle Naga Hills. Mi dirigo laggiù, salendo a ventiduemila piedi, il che richiede la regolazione della mia maschera per l'ossigeno.

Tengo d'occhio lo spazio. È un'uscita pratica, ma appena oltre le colline potrebbero esserci aerei nemici. La pratica si trasformerebbe in pattuglia da combattimento se ci inciampo.

Mi rendo conto di aver dimenticato gran parte della mia abilità con i combattenti, probabilmente a furia di volare con i trasporti. Qui sono solo, non c'è un navigatore che mi mostri la rotta, e nessun pilota automatico che mi aiuti a seguirla.

Tenere d'occhio i quattro punti cardinali, oltre che sotto e sopra, il mio apparato richiederebbe più di una sola testa o; almeno più di due occhi.

Il cielo è nuvoloso, ma poiché gli aviatori lo vedono spesso, le nuvole sono "sotto", non sopra.

All'improvviso vedo un congegno, alla mia sinistra, un po' più in basso, alle otto. Immediatamente entro in azione, calandomi su un'ala alla ricerca del nemico.

Ma non esiste un tale nemico. È un piccolo P-43A. Non ho notizie da dove provenga, ma mi avvicino comunque.

"P-43! "Chiamo alla radio." Da dove vieni, ragazzo?

"Ciao, P-40! "Risponde una voce pigra." Sono appena arrivato e sono uscito a fare una passeggiata. L'aeronautica cinese ha riportato questa bellezza dicendo che era stata restituita a noi. Apparentemente i carri armati perdevano e stavano prendendo fuoco uno da uno. L'hanno riparato e mi sono offerto di volare con esso. Vengo da Pensacola, ma non sono nato lì. Vengo dal Texas.

Beh, eravamo già in due.

"Piacere di conoscerti, Texas" ho risposto "; sono Frank Latimer di New York.

"Bene, Frankie," disse, "dai un'occhiata.

Ricomincio a salire e metto in piano l'attrezzo a trentamila. Questo è ciò che mostra l'altimetro; Ma deve essere circa sette o ottomila piedi in più, corretto per la temperatura, l'umidità dell'aria e così via.

Le Colline Naga sono lasciate indietro. Riesco a distinguere la corrente gialla del fiume Chindwin. Stilwell Road non è lontano. Ci devono essere figli gialli del sol levante intorno a quei bordi, sia a terra che sopra.

Le nuvole sono state lasciate indietro. Il paesaggio sottostante, un groviglio di verde cangiante, è interrotto solo, di tanto in tanto, dalla linea gialla di un fiume, e lì, di fronte, dalla strada, che già stiamo raggiungendo.

E il panorama continua deserto. Lancio uno sguardo casuale intorno a me. Penso di riuscire a distinguere qualcosa di luccicante e non mi diverto con le domande. Salto su un'ala e accelero verso l'oggetto che ha attirato la mia attenzione.

Quando mi avvicino un po', il cuore mi batte nel petto. È un dispositivo di osservazione giapponese, con un carrello di atterraggio fisso.

Il mio primo nemico!

Non sembra averci scoperto. Scendo in picchiata violenta e metto il dito sul pulsante che attiverà le mitragliatrici.

Ora!

Le sei mitragliatrici degli anni '50 iniziano a vomitare schegge. Vedo i traccianti dirigersi verso il nemico, descrivendo una divertente parabola, nello stesso momento in cui la velocità del dispositivo diminuisce a causa del rinculo delle potenti armi. Sto per posare la fronte sul solido mirino di precisione davanti a me.

Ho appena il tempo di evitare una collisione con l'aereo nemico, tirando il joystick e torreggiandoci sopra. In un solo sguardo, durante il tiro di un secondo, ho visto volare i finestrini della cabina di pilotaggio; il giapponese ha voltato la testa, sorpreso dall'attacco.

La vista di quei cerchi rossi sulla fusoliera e sulle ali dell'aereo giapponese mi infiamma. Penso che sto perdendo la calma. Il risultato è che la pica giapponese scende nella giungla.

Giro a destra e poi a sinistra, cercando di localizzarlo. Quando lo capisco, sono circa quattro o cinque miglia laggiù, appena sopra le cime degli alberi, una macchia argentea che è quasi invisibile.

Lo inseguirò comunque. Tuttavia, la voce del Texas mi strappa dal mio stordimento:

"Attenzione Frankie! Dobbiamo andare a casa!

Uno sguardo al cruscotto mi convince di questo. L'indicatore del carburante dice che non c'è quasi carburante rimasto per volare due ore e mezza, a malapena quello che servirà per arrivare al campo.

Mi giro e cerco nello spazio. Il Texas è vicino. Si incontra con me. Sono furioso. Se avesse avuto più serenità, se avesse diretto meglio l'attacco, un giapponese a quest'ora sarebbe morto, trafitto dai proiettili delle mitragliatrici, schiacciato contro il suolo fangoso della Birmania o arrostito in aria se fosse riuscito a ha dato fuoco all'aereo su cui stava volando. .

Immerso in queste riflessioni, consulto la mappa e calcolo la rotta. Con il Texas incollato alla coda abbiamo volato nei cieli sicuri di Assam, navigando per risparmiare gas.

Il cielo si sta abbassando sotto di noi mentre ci avviciniamo alla nostra destinazione, formando un continuo sipario grigiastro.

Davvero, non mi rendo conto di quanto sarà difficile atterrare. Quel campo di nuvole impedisce ogni visibilità diretta. Ho già fatto atterraggi alla cieca, ma in questo campo dell'Assam, in una parte remota del territorio di confine, mancano i progressi a cui siamo abituati negli Stati Uniti.

Cerco disperatamente di mettermi in contatto con la stazione da campo, sperando che riescano a guidarmi fuori da quell'inferno grigio.

Con mio grande sollievo, mi rispondono quasi subito dopo aver fatto la prima chiamata:

"Ascolta, ventidue" sento. Ventidue è il mio numero di identificazione, dipinto di fresco sulla fiancata del P-40. "C'è visibilità, sotto il banco di nuvole, soffitto a duemila piedi. Prova a scendere. Ripeto, visibilità a duemila piedi.

"Capito" rispondo. ci vado.

Il Texas deve sapere quanto me, avendo ascoltato le istruzioni. Aspetterà che scenda. Mi augura buona fortuna, anche se lui stesso avrà molto bisogno.

Perdo lentamente quota, compio un ampio cerchio, e mi tuffo tra le nuvole. Provo grande apprensione. A 2.000 piedi dovrei essere sotto la sponda, ma l'altimetro arriva a 1.600 e sono ancora dentro quella tenda grigia.

Improvvisamente, entro in quella che l'operatore aveva chiamato una "zona di visibilità". In realtà, anche se sono sotto il banco di nuvole, è come guardare attraverso un vetro smerigliato. Tutto appare sfocato, a causa del tremendo specchio d'acqua; la pioggia è indescrivibile, una vera cascata.

Sotto, al posto delle piste di cemento incrociate, c'è un lago, la cui superficie è increspata dalla doccia. Ma è il campo, naturalmente; Vedo una figura correre, schizzare terribilmente, un ufficiale delle operazioni con le bandiere rosse, che cercherà di aiutarmi ad atterrare.

Si ferma e sventola le bandiere. Indica un punto e capisco che la pista deve essere nella direzione indicata. Uno sguardo all'indicatore del carburante mi convince che non c'è tempo per gli errori; segno zero.

Svolgo con un angolo molto acuto e mi dirigo in quella che dovrebbe essere la pista, interrompendo immediatamente il gas. Ogni momento aspetto di sentire come il motore inizia a tossire, a corto di benzina, ma quel momento temuto non arriva.

Aziono il comando per abbassare il carrello, metto in posizione i flap e mi abbasso lentamente. Solo il fatto che l'ufficiale operativo, con l'acqua a metà gamba, sia lì, mi assicura che c'è terra sotto lo strato d'acqua.

Dopo aver toccato il suolo, il dispositivo viene improvvisamente frenato, iniziando a rimbalzare. I P-40 non sono fatti per sedersi su qualcosa di diverso dal cemento duro; Sto per superare, ma spingo il joystick in avanti e controllo la situazione.

In un viaggio incredibilmente breve, l'aereo si ferma. Sono bagnato dalla testa ai piedi, ma non è la pioggia; la cabina è quasi ermetica. Quello che succede è che ho sudato di più in questi ultimi minuti che se fossi dentro un bagno turco.

Mi tolgo il casco e slaccio la cintura di sicurezza. Accendo una sigaretta e guardo indietro e in alto. Texas deve presentarsi lì e spero che sia fortunato quanto me.

Ma non la vedo finché, come fosse una canoa, solleva l'acqua dalla pista, lasciando una scia turbolenta. Deve aver incontrato la mia stessa resistenza, ma ha padroneggiato perfettamente l'apparato; in un attimo si è avvicinato a dove sono io e, incurante della pioggia, apre la cupola dell'abitacolo.

Così decido di fare lo stesso e ci avviciniamo; due uomini che non abbiamo mai incontrato prima, ma siamo già amici come se ci conoscessimo da anni.

Ci siamo stretti la mano. Il Texas è un ragazzo alto più di un metro e ottanta, sorridente e con indosso stivali da cowboy, nonostante i regolamenti proibiscano tali calzature.

"Ci stiamo bagnando, Texas," gli dico.

Ed è rigorosamente vero. La forte pioggia ci inzuppa in un attimo.

"L'ho già notato, Frankie" sorride. Ma notare la pioggia sulla schiena mi fa sentire vivo, quindi non lo sento. Andiamo in mensa.

Corriamo attraverso il campo mentre gli equipaggi di terra si precipitano verso l'aereo abbandonato. Devono metterli al riparo negli hangar e controllare i motori e altre attrezzature, poiché un'uscita può essere ordinata in qualsiasi momento.

Raggiungiamo la mensa e via via, fradici fino all'osso, ci sediamo a un tavolo. Il cameriere, un giovane basso con i capelli lunghi, arriva subito.

"Cosa sarà? Chiede Texas,

"'Whisky', direi" rispondo.

E "whisky" lo è. Una bottiglia piena; e poi un altro. Non parliamo molto, tra l'altro perché, pur essendo amici, non ci siamo visti ancora per dieci minuti. D'altra parte, la stanchezza ci sta conquistando a poco a poco.

Quando la seconda bottiglia è a metà, andiamo al lodge del campo e ci togliamo la tuta da volo bagnata. C'è molto spazio lì.

Texas occupa una cuccetta vuota, delle quattro in camera, e andiamo subito a letto. Suppongo che il Texas sarebbe come me; Mi sono addormentato prima di toccare il cuscino con la testa.

Qualcuno mi ha svegliato, scuotendomi per le spalle. Aprii faticosamente gli occhi e mi trovai faccia a faccia con il tenente colonnello Mindrum, capo delle operazioni sul campo.

"Ascolta, Latimer" mi dice ". Un DC-3 è partito per la Birmania, alla ricerca del generale Stilwell, capito?

Ebbene, Stilwell è un generale britannico che ha il comando supremo di tutte le forze in India, Cina e Birmania. Lo capisco.

"I giapponesi stanno avanzando verso nord e si tratta di salvarlo" continua Mindrum. Potremmo avere un solo equipaggio, ma ho pensato a te e invieremo due aerei. Hai qualcosa da opporre?

Scuoto la testa negativamente. A poco a poco, quando mi sveglio completamente, apprendo più dettagli. Con Stilwell ci sono alcuni militari del suo staff e il corrispondente di guerra Jack Beiden. Il percorso che avrebbero dovuto seguire li avrebbe portati da Shwedo, a nord del fiume Uyu, al Chindwin via Homalin. Poi avrebbero continuato a Sittaung e da lì sulla strada Manipur a Imphal.

Nulla è stato detto su come stabilire un contatto con il gruppo. Tutto quello che si doveva fare era caricare l'aereo con cibo e medicine, alcune armi, e lasciare il resto all'improvvisazione.

Texas, che era già sveglio da allora, sorride brillantemente.

"Non pilotavo un trasporto da molto tempo", dice.

"Sarai solo il copilota", lo avverto, mentre iniziamo a indossare le nostre tute di volo.

Vedo che il Texas non ha l'automatica pesante regolamentare, calibro .45. Invece, ha una .45 "Colt" a singola azione da abbinare ai suoi stivali. Andiamo tutti con le armi in missione. Sappiamo che qualcosa di terribile ci attende se siamo costretti a fare un atterraggio di emergenza o paracadutarci.

Corriamo alla mensa per fare un pasto veloce. Tra un'ora saremo in volo e dobbiamo approfittare del tempo.

Stiamo finendo, quando qualcuno sembra correre. Un sergente dell'equipaggio di terra di nome Humphries.

"Hai una visita, Capitano," mi dice. "Ti aspetta fuori."

Se ne va in fretta e Texas ed io usciamo dalla mensa. Fuori c'è un'auto, la cui immagine riflette il marciapiede bagnato. Un "Rolls" di tanti anni fa.

La pioggia è cessata. Ci avviciniamo alla macchina e vedo la faccia di Godda. So che è la nipote del generale Azher-Khan, ma conosco solo il suo nome.

"Un brutto momento per la visita, Godda" gli dico. Partiamo tra pochi minuti.

Le presento Texas, di cui non conosco nemmeno il nome, e noto la bellissima sciarpa che indossa la mia amica da una notte. La lodo e mi dice che sono fatti in Nepal ed è una sciarpa da preghiera. Non ho idea di cosa signifchi.

"Te lo do" mi offre e io lo prendo". Così ti ricorderai di me quando sarai lassù.

Vedo Mindrum che cammina nervosamente nelle vicinanze, e capisco di sbrigarmi.

"Ciao, Dio" sorrido. Ci vedremo uno di questi giorni.

Saluta e corriamo al trasporto.

"Hanno solo tre uomini", mi dice Mindrum. "Fate quello che potete ragazzi.

Prendiamo le nostre postazioni, i portelli e la porta d'ingresso si chiudono, e io accendo i motori, mentre Texas mastica tranquillamente la gomma.

Siamo partiti alle 2.30 del pomeriggio,

* * *

Siamo sopra la Birmania, a trecento miglia buone dalla frontiera settentrionale, osservando la regione tra il Chindwin e l'Irrawady; in altre parole: cercare un ago in un pagliaio,

Abbiamo individuato alcuni gruppi, piccoli in generale; Stanno andando a nord-ovest, ma non possiamo, non abbiamo modo di identificare dove potrebbe essere Stilwell.

Abbiamo lasciato cadere alcuni pacchi di cibo, vestiti e armi su ciascuno dei gruppi, continuando a fare curve a forma di S. Stiamo raggiungendo il limite della nostra autonomia. Ciò significa che dovremo voltarci e tornare a casa.

In basso, di fronte, si traccia il contorno, con le sue incredibili curve, della Northern Highway.

Bene, penso, questo è tutto. Dovremo tornare, fare un nuovo tentativo o più di uno e...

"Aerei nemici!

La voce eccitata mi arriva dall'interfono. È uno dei ragazzi dell'equipaggio. L'annuncio mi fa innervosire. Guardo fuori dalla finestra alla mia sinistra, ma non vedo niente. Eppure Texas urla, troppo forte, penso:

"'Zero'! Sono due...!

Il resto della tua voce è perso. I ragazzi dietro stanno sparando e soffocando gli altri rumori. Questo aereo non è armato, ma portiamo mitragliatrici leggere e le abbiamo fornite.

Qualcosa sembra fare a pezzi la struttura di trasporto, colpendo terribilmente la fusoliera. Un'ombra ci passa così vicino che riesco a distinguere chiaramente anche la macchia rossa sul fianco.

Le spesse finestre di plastica della cabina di pilotaggio spruzzano fuori mentre la cabina di pilotaggio si riempie di schegge dal cruscotto e dal telaio interno.

Improvvisamente scopro che l'apparato non può essere governato; esita e comincia a perdere quota.

Accendo il pilota automatico.

"Devi saltare! urlo al Texas.

Annuisce con la testa. Lasciamo i nostri posti ai comandi e andiamo in retroguardia, per avvertire l'equipaggio.

Quello che vediamo ci lascia a bocca aperta.

Non c'è equipaggio. I tre uomini, compreso il navigatore, sono stati crivellati dal passaggio degli «Zero». La fusoliera è piena di buchi e spazi vuoti, dove il vento si insinua, sibilando minacciosamente.

Avevano tolto la porta per sparare attraverso di essa, ma era un gesto inutile.

Improvvisamente l'aereo prende una pericolosa inclinazione, schiantandosi al suolo.

Indico la porta del Texas. Bisogna lanciarsi prima di andare in testacoda e la forza centrifuga ci spinge contro le paratie e ci tiene lì, come incollati al metallo, finché l'aereo non si schianta.

Il Texas salta per primo. Poi mi sono lasciato cadere, cercando di allontanarmi il più possibile dal dispositivo.

Conto tre secondi e tiro la chiusura del paracadute. Si apre senza incidenti. Uno scatto acuto, un suono sordo, e l'ombrellone è sopra di me, abbassandomi dolcemente.

Sto cercando il Texas. Non è lontano. Attivo le cinghie per atterrare il più vicino possibile a lui. Avremo bisogno l'uno dell'altro quando saremo laggiù, nella giungla, popolata da giapponesi e con un paio di pistole per ogni arma difensiva.

Gli alberi, formando una massa impenetrabile, sono già molto vicini.

Ricordo, all'improvviso, le macchine che ci hanno abbattuto. Alzo lo sguardo e scruto lo spazio, ma non li vedo. Invece, scopro che il nostro fidato mezzo, nonostante il pilota automatico, sta facendo una grande curva, avvicinandosi di nuovo a noi.

Poi, in un attimo, alza l'arco e cade pesantemente, senza controllo.

Colpisce il suolo non lontano da lì. Non vedo alcun bagliore per indicare il tuo fuoco.

Poi, quando meno me lo aspetto, pur nella logica più elementare, colpisco un albero. mi vedo avvolto nel fogliame; l'imbracatura del paracadute si ingarbuglia tra i rami e io mi appendo, oscillando come un pendolo.

II

Il Texas non può essere lontano; Doveva essere caduto a poca distanza, dato che eravamo quasi insieme. Apro la bocca per urlare avvertimento, ma il pensiero che ci possano essere dei giapponesi nelle vicinanze mi fa rinunciare al tentativo.

Poi appare Texas che cammina con calma. Guarda in alto e saluta:

"Scendi di là" mi dice. Diamo un'occhiata all'aereo. È vicino e lì ci sono cibo e armi.

È vero, tutto ciò che devo fare è girare il disco della cintura e poi colpirlo per essere libero. Tuttavia, ci sono più di venti piedi sul terreno fangoso. Rischio di rompermi una gamba, il che sarebbe peggio che rompermi la testa.

"Trova una corda", gli urlo. Taglialo via dal tuo paracadute. Sali sul tronco e lanciami un'estremità. Quindi forse ...

Le contorsioni e i movimenti che faccio, insieme al fatto che il ramo dove era appeso il paracadute deve essere mezzo rotto, lo fanno spezzare definitivamente. Il tessuto scricchiola, inspirando un po' d'aria che attutisce la caduta.

Affondo fino a mezza gamba nel fango e tiro fuori il paracadute.

Ci avviamo lentamente verso il punto in cui abbiamo visto cadere il dispositivo. Deve essere qualcosa come mezzo miglio, ma ci sono volute quasi due ore per trovarlo. Il fango sembra succhiarci gli stivali, tirandoli, e ogni passo costa fatica.

L'abbiamo finalmente trovato; Non ha preso fuoco, come già sospettavamo, ma è orribilmente mutilato, trasformato in un confuso mucchio di spazzatura. La parte anteriore, fino alla porta di carico, è appiattita come una fisarmonica; ma l'ultimo terzo della coda si è staccato dalla struttura, così che possiamo facilmente entrare.

Il carico, anche se strapazzato, appare in buone condizioni.

"Sceglieremo prima i vestiti", suggerisco. " Queste tute da volo non sono adatte per cavalcare nella giungla.

"Shorts" sorride Texas ". Vediamo come ci vengono questi.

Ci siamo tolti la tuta e abbiamo provato l'abbigliamento della fanteria. Questo è comodo.

Poi, vestiti in modo più appropriato, abbiamo passato in rassegna le armi. Le mitragliatrici leggere e letali saranno più facili da trasportare rispetto ai fucili. Pertanto, ne prenderemo due. E bombe a mano. Una buona porzione, dal momento che non sappiamo quanto tempo rimarremo senza scorta.

"Attenzione! "Sussurra Texas." C'è qualcuno fuori.

Sbircio attraverso le crepe nella fusoliera. Non vedo nessuno, non importa quanto mi sforzi. Forse è un'allucinazione del Texas.

All'improvviso vedo qualcosa. Una specie di tubo scuro che spunta da un albero, la canna di un fucile!

Texas, accanto a me, esclama a bassa voce:

"Giapponese!

Avranno visto l'aereo precipitare e verranno in ricognizione. Sarebbe importante sapere se ci hanno visto. Nel caso non sapessero che siamo qui e non ce ne sono molti, potremmo sorprenderli.

Se ci sono dodici o quindici giapponesi e sanno che siamo dentro, in attesa, la sorpresa sarà per noi.

Tiro la leva del mio mitra per infilare una pallottola nella canna e trovo l'acciaio che mi scivola di mano. li ho bagnati; Un flusso lento scorre lungo la schiena, che dovrebbe essere caldo, ma questo sudore non è dovuto al calore.

Poi, da dietro la canna, appare una testa. Guardo Texas e ci scambiamo un sorriso. Quel ragazzo non è un giapponese. I suoi lineamenti non sono mongoli e indossa un turbante. Poi mi sembra di aver scorto il collo del suo guerriero. Quella è un'uniforme anglo-indiana.

Ho già visto ragazzi così.

"Gurkha" Texas mi dice.

Annuisco. Sbircio attraverso l'oblò e gli faccio un cenno con la mano, aspettandomi di essere colpito da un proiettile per sbaglio. Ma niente di tutto questo accade. Quell'uomo è un alpinista e deve avere una buona vista. Va avanti sorridendo, e quando mi giro per dire qualcosa a Texas vedo un altro gurkha, fucile e tutto, che fa capolino dalla finestra in frantumi dall'altra parte.

I due ci incontrano.

Parleranno inglese? Credo di sì. E ho ragione.

"Gli americani? "Chiede il primo che abbiamo visto, un ragazzo piccolo, ma forte come un lupo.

Annuisco.

"Io sono il sergente..." e dà un nome che non riuscirei a ripetere anche se glielo proponessi. "La nostra compagnia è stata annientata lungo l'Irawaddy, vicino a Shwebo. Solo due di noi sono fuggiti.

Mi presenta il suo compagno, più alto di lui, ma con un altro nome impossibile.

"Piccolo Gurkha e Grande Gurkha", dice Texas.

Questo, almeno, sarà più chiaro.

Il piccolo Gurkha mi guarda torvo.

"Mangia" dice. Siamo affamati.

Dopotutto, non è una cattiva idea. Ora che il problema è menzionato, sento una specie di disagio allo stomaco che non può essere altro che fame.

Sento fisso su di me lo sguardo in attesa dei miei compagni. capisco il motivo. Apparteniamo tutti alle forze alleate e io sono l'ufficiale di grado più alto; devo prendere il comando. Tuttavia, non so come inviare uomini, ma come gestire gli aeroplani; ma la cosa non ha rimedio.

"Stai di guardia", dico a Big Gurkha. Prendi qualcosa da mangiare e arrampicati su un albero. Avvisa se qualcuno si sta avvicinando.

Big Gurkha annuisce in segno di saluto, prende la lattina di conserve e pane secco che gli do, ed esce dall'aereo distrutto. Il resto di noi si prepara per il cibo, sedendosi comunque.

Mangiamo con appetito. Fortunatamente, questi Gurkha non sono complicati come gli indù quando si tratta di cibo.

Stiamo finendo quando suona un fischio basso. Il piccolo Gurkha balza in piedi ed esce. Deve essere il segnale di allarme. Texas e io abbiamo preso i nostri fucili e ci siamo sdraiati sul pavimento dell'aereo, sbirciando attraverso i fori nella fusoliera.

Vediamo che Little Gurkha prende uno dei sentieri e, con pochissima precauzione, avanza lungo di esso fino a scomparire dalla vista. Questo mi stupisce. Ho letto da qualche parte che i Gurkha sono ottimi soldati. Immagino che questo sappia cosa vuole fare.

Poi, dopo un quarto d'ora, abbiamo la spiegazione. Big Gurkha, dalla sua posizione sull'albero, ha visto un gruppo di persone, le ha identificate e ha passato l'avviso al suo compagno, che esce per portarle insieme a noi.

Quando il gruppo raggiunge la radura dove siamo, Texas ed io ci scambiamo uno sguardo vuoto. Il piccolo Gurkha porta altre quattro persone. C'è un soldato dell'esercito cinese, un alto tenente sikh con il turbante e la barba, un civile europeo, come qui vengono chiamati i bianchi; forse sei piedi e quattro pollici di altezza con capelli rosso fuoco.

E...

"Una donna! Esclama Texas.

Il suo vestito è a brandelli e le sue scarpe sono rovinate, ma questo non toglie nulla al suo fascino; avrebbe attirato l'attenzione ovunque, anche vestita con una giacca.

"Immagino", dice Texas, "se rimaniamo con il relitto abbastanza a lungo, possiamo radunare un esercito. Ci devono essere combattenti di tutte le unità alleate intorno a quei contorni.

"E anche giapponese," osservo seccamente. "Dobbiamo andarcene subito da qui.

Little Gurkha è d'accordo con me, venendo rapidamente, dopo aver intervistato Big Gurkha.

"Giapponese! "Informa" Dieci uomini. Stanno venendo da questa parte. Da sud.

Scendiamo in fretta dall'aereo cibo, vestiti e armi.

"Possiamo dare fuoco al dispositivo", suggerisce Texas.

Scuoti la testa in modo negativo.

"Ci staremo intorno alla radura", ordinò. Sono solo dieci uomini e possiamo facilmente finirli se li sorprendiamo.

Il tenente sikh distribuisce il carico che stiamo per trasportare e ci imbattiamo nel sottobosco ai margini della radura, spaziando intorno al velivolo naufragato. L'unica cosa che manca è Big Gurkha, che è ancora appollaiato sul suo albero.

C'è un'attesa tesa, durante la quale rimaniamo in silenzio. Siamo un gruppo eterogeneo di persone che non hanno nulla in comune, che non si conoscono, ma che stanno dalla stessa parte. Dall'altra i giapponesi, minaccia mortale per tutti.

Li vedo apparire all'improvviso ai margini della radura. Le loro baionette sono fisse e avanzano protese in avanti, piccole, silenziose, micidiali. Non si aspettano di trovare che qualche cadavere, suppongo.

Attraversano la radura e si avvicinano all'aereo, sbirciando attraverso l'apertura nella coda.

Affronto il mitra e metto il dito sul grilletto.

Sparo il primo tiro al volo e gli altri miei compagni di squadra sparano comunque.

Alcuni giapponesi cadono, colti di sorpresa. Tre o quattro si nascondono nell'apparato demolito, e altrettanti cadono a terra e rispondono al nostro fuoco.

Le nostre posizioni sono migliori. Siamo coperti; ma queste nane gialle sono difficili da sbucciare. Mantengono un fuoco ardente e urlano urla raccapriccianti.

Poi quattro di loro vanno all'attacco! Corrono verso di noi, le baionette luccicanti nella canna dei fucili, mentre gli altri li coprono con il fuoco.

Texas estrae l'anello da una granata, lo trattiene per alcuni istanti e lo lancia agli aggressori. L'esplosione agita l'aria. Due giapponesi rotolano a terra e si congelano. Un altro cerca di strisciare, sempre avanti. Il quarto, indifeso, prosegue con il carico.

Concentriamo i nostri colpi su di lui e lo vediamo cadere a pochi metri di distanza; il suo volto ha un sorriso crudele e orribile che scompare dietro una maschera insanguinata in un millesimo di secondo.

Texas uno dopo l'altro, lancia più granate. Il dispositivo prende fuoco improvvisamente. I serbatoi del carburante si saranno incrinati nello schianto dell'atterraggio forzato e le pompe accenderanno il carburante.

Attraverso le fiamme, compaiono altri tre giapponesi, che corrono come demoni, nel tentativo di conquistare la foresta. Uno di loro, un ufficiale, brandisce in aria la sua spada da samurai.

Li abbattiamo velocemente e mi guardo intorno per vedere se ci sono vittime, cosa che fortunatamente non è avvenuta.

Sento qualche altro sparo. I Gurkha stanno finendo i feriti. Ho l'amaro in bocca, ma non ho potuto fare nulla per impedirlo; dopotutto, siamo combattenti e dobbiamo mettere da parte i sentimentalismi.

L'ufficiale sikh non ha nemmeno battuto ciglio e la donna si sta accendendo una sigaretta.

Ci incontriamo tutti, formando un gruppo compatto.

"Quanto lontano possiamo camminare ogni giorno? "Chiedo.

L'ufficiale sikh pensa per un momento.

"Quattro miglia, forse, cinque" risponde.

Siamo a circa quattrocento miglia dal confine, in un paese occupato dalle forze giapponesi. Quaranta o cinquanta miglia a ovest scorre il fiume Chindwin, serpeggiando verso nord. Dobbiamo raggiungere questa corrente che ci guiderà e raggiungere Manipur.

Ci vorranno giorni o mesi, ma è la nostra unica speranza di sopravvivenza.

Abbiamo provviste per una settimana, secondo la mia stima. Siamo ben armati e abbiamo vestiti di ricambio. Se c'è un po' di fortuna, se scivoliamo come fantasmi attraverso la giungla e osserviamo i nostri passi, ci sono possibilità di ottenerla.

Ora mi accorgo che quella che credevo fosse una donna è solo una ragazza.

C'è coraggio nei suoi occhi, ma parla solo di una ragazza.

"Come ti chiami?" chiedo.

Doris McDonald.

"Beh, Doris, prova a metterti un'uniforme e un paio di stivali" dico. Devi camminare duro per molto tempo. Andiamo al Chindwin. Poi prenderemo la via del Nord. Se rimaniamo fortemente uniti e disciplinati possiamo ottenerlo. Pensi di poterci seguire?

Mi fissa con i suoi grandi occhi chiari.

"Andrò fin dove arriverai tu", afferma serenamente.

Quindi, una volta condiviso il carico, ci muoviamo. Una piccola guerriglia. Una pattuglia da combattimento composta da sette uomini di razze diverse e una donna.

Penso di essere ottimista anche solo per pensare che ne usciremo, ma ci proveremo.

Il tenente sikh, con il suo comportamento imperturbabile, è in piedi accanto a me.

"La stagione delle piogge sta per finire", mi dice. "Due settimane, forse tre, e saremo nella stagione secca. Allora potremo andare più veloci. Dovevamo schierare i Gurkha per farci da ricognitori. Queste persone conoscono molto bene la giungla.

Annuisco e il sikh abbaia ordini. Sembra un buon soldato e i suoi nervi sono di prim'ordine. I Gurkha si distinguono e scompaiono dalla nostra vista.

Il sottobosco sembra impenetrabile, ma c'è sempre un buco dove scivolare. È una terra di alberi, con liane e fogliame che formano fitte cortine tra i tronchi. Ci sono animali, soprattutto sopra, tra i rami. Vedo uccelli dal piumaggio scintillante e sento gli strani versi delle scimmie, distinguendo di tanto in tanto qualche stormo.

Ci sono anche altri tipi di animali. Ad esempio, serpenti; Sto per calpestarne uno, ma Doris l'ha visto prima di me e urla di avvertimento.

Il serpente alza il davanti e lo gonfia in modo curioso.

La guardo, provando un invincibile disgusto, non sapendo cosa fare. Il soldato cinese finisce con lei in fretta. Con un machete soffia la parte in due metà.

"Un" "cobra" di quindici minuti sorride freddamente il gigante dai capelli rossi.

"Il nome è curioso" commento.

"Dei più. Si sa che nessuno ha vissuto più di un quarto d'ora dopo essere stato morso da una di queste creature.

Capisco che i giapponesi saranno solo un altro pericolo, non l'unico, di coloro che ci perseguiteranno nella giungla birmana. Ora, ogni volta che metto i piedi, provo una strana sensazione, ho paura di calpestare uno di quei brutti serpenti.

Mi chiedo se stiamo marciando nella stessa direzione dei due Gurkha prima di noi, ma il tenente sikh non esita un attimo e sono fiducioso che siamo sulla strada giusta.

Il terreno è un pantano. C'è fango denso e scuro dove si attaccano gli stivali ed è difficile tirarli ad ogni passo.

Mi chiedo come i Gurkha abbiano potuto andare più veloci di noi. In certi posti dobbiamo sfondare con i machete; sono il soldato cinese e il tenente sikh che li gestiscono, e tra l'altro molto abilmente.

Il Sikh si ferma e alza la mano. Ci fermiamo, preparando le armi. Davanti a noi il sottobosco fruscia e appare Little Gurkha, con il viso madido di sudore.

"Giapponese! "Basta fare rapporto." A mezzo miglio da qui. Stanno lavorando.

"Quanti?" chiedo.

"Circa una cinquantina. Hanno ripulito un pezzo di terreno pianeggiante e hanno molti fusti accatastati sotto gli alberi.

Qualcosa mormora nel cielo. Non possiamo vederlo a causa delle cime degli alberi; ma sappiamo che è una macchina monomotore, forse una "Zero".

Il rumore aumenta di volume e abbiamo un'immagine fugace dell'aereo nemico. Vola molto basso e, in pochi minuti, il ronzio del motore si perde improvvisamente.

Penso che la cosa migliore sarebbe andare nella direzione opposta alla radura di cui parla Little Gurkha. Cinquanta giapponesi sono troppi per noi per fare altro che fuggire; ma sono curioso di sapere cosa stanno facendo e mi interrogo sul contenuto dei tamburi che ammucchiano in mezzo alla giungla.

"Andiamo" sorrise a Little Gurkha. Daremo un'occhiata ai nani.

Anche il piccolo Gurkha sorride. È piccolo di statura, ma i giapponesi sono ancora più piccoli, e lui è contento di questo, credo.

Avanziamo ora lentamente, guidati dal gurkha, in direzione della radura e finalmente incontriamo Gurkha. È steso a terra e gira la testa quando ci sente arrivare.

Indica con la mano. Più avanti, in una depressione quasi piatta, i giapponesi hanno costruito una pista di atterraggio. Le taniche vicino agli alberi, ammucchiate con noncuranza, sono fatte di benzina per aviazione. Potrebbero essere stati paracadutati, per essere depositati lì.

Per ora, gli "Zero" hanno abbastanza terreno per atterrare. Poi, quando la pista è più lunga, possono farlo anche i trasporti.

Immagino che i giapponesi stiano seminando il territorio occupato con questi piccoli aeroporti, in modo che permettano ai loro aerei di operare vicino alla linea del fronte.

Ricordo il nostro recente scontro con la pattuglia giapponese. Potremmo provare qualcosa di simile qui. Ma ce ne sono cinquanta...

C'è anche lo "Zero" che abbiamo sentito prima. È atterrato ed è ai margini della radura.

Il tenente sikh mi porge il suo binocolo e io osservo il luogo. Ci sono tre sentinelle che pattugliano le taniche di carburante. Altri, allo stesso modo, osservano i dintorni del campo. Ma la maggior parte dei gialli rimane disarmata, lavorando come i negri, abbattendo alberi e spingendoli da parte per liberare più terreno.

"Solo tre sentinelle" osservo. "Potremmo provare a sorprenderli non appena cala la notte. Quei tamburi si trafiggeranno facilmente con un coltello. Il terreno degrada leggermente verso l'aerodromo. La benzina cadrebbe sotto il suo stesso peso sulla pista.

"Si può fare", dice il tenente sikh. I due gurkha ed io ci occuperemo del lavoro. Non esci allo scoperto. "Elimineremo le sentinelle e torneremo qui, dopo che la benzina sarà finita. Lo lasceremo bagnare il terreno prima di accenderlo. Potrebbero scoprire prima il piano dall'odore. Poi, allo stesso modo, gli diamo fuoco e avremo bersagli molto illuminati dal fuoco.

Semplice, ma rischioso. Tuttavia, vale la pena provare.

"Ci proveremo" gli dico. Ci riposeremo fino a notte.

Texas guarda l'orologio.

"Tre ore" dice laconicamente.

III

Le tre ore durano per sempre. Il sole tramonta più lentamente che mai oggi. L'oscurità inizia a invadere la giungla.

I giapponesi fanno molto rumore. Hanno finito il lavoro della giornata e guazzeranno la cena con il sakè, il liquore di riso. Suppongo che ci debba essere più di una guerriglia che opera intorno a questi contorni, resti di unità indiane, britanniche o cinesi decimate dai combattimenti.

Tuttavia, questi giapponesi si sentono sicuri e fiduciosi. Stanno avanzando su quasi tutti i fronti dell'Asia ed è solo questione di pochissimo tempo prima che posseggano tutta la Birmania; La strada dell'India sembra aperta per loro, solo loro avranno ancora qualche difficoltà da superare.

Sorrido nel buio. Penso che se vogliamo dare loro tutte le difficoltà che avranno, la guerra è persa per gli alleati.

Cosa vogliamo? Immagino, salva la tua vita, raggiungendo le nostre linee. Ma tutto è molto confuso, almeno per me. L'azienda è disperata, non fatevi illusioni a riguardo. Suppongo che, non essendo fatalisti, faremo qualcosa di meno che arrenderci ai giapponesi.

L'oscurità è già completa. Non c'è luna. I rumori dell'accampamento giapponese si stanno spegnendo, a poco a poco, e presto regna un grande silenzio, rotto ogni tanto dai mille rumori della giungla, spettrale e strana.

Il tenente sikh si avvicina. I due Gurkha vengono con lui, pronti a partire per l'avventura.

"Dobbiamo eliminare le sentinelle", dico loro. "Poi, cercando di non fare il minimo rumore, perfora più tamburi possibili. Immediatamente, torna qui. Se qualcosa va storto, conquista la foresta e fuggi a nord. Li seguiremo.

Questo è tutto. I Gurkha tengono le lunghe lame ricurve dei loro coltelli tra i denti, e il Sikh fa lo stesso con il suo machete.

Scivolano, accucciati come bestie feroci, verso la radura; scomparire in un secondo.

L'attesa è tesa. È inquietante essere qui, al buio, ad aspettare il momento di spaventare cinquanta coraggiosi soldati giapponesi, quando, benissimo, possiamo aver paura, non appena le cose vanno male.

Consulto il quadrante luminoso del mio orologio. I Gurkha e i Sikh se ne andarono alle 9:40. Mi sembra che il tempo si sia fermato. Metto l'orologio all'orecchio e mi convinco che funziona normalmente.

Minuto per minuto, passa mezz'ora. L'impazienza mi rode le viscere; ma mi sono accorto che, in qualche modo, tutti i membri del nostro gruppo hanno messo la responsabilità sulle mie spalle. Non posso deluderti. Anche se non lo sono, devo sembrare il più coraggioso di tutti.

Il volto barbuto del tenente sikh appare all'improvviso, appena visibile alla pallida luce delle stelle. Seguono i due gurkha. Questo significa che tutto sta andando bene, il che mi riempie di soddisfazione.

Ora dobbiamo aspettare che la benzina scivoli nel campo giapponese. Sul fango bagnato, con la terra inzuppata dà umidità, il carburante scorrerà facilmente, credo.

Vorrei conoscere i dettagli del compito svolto da questi tre bravi soldati; come hanno sorpreso le sentinelle e le hanno eliminate senza il minimo rumore, compiendo una vera impresa.

Smetto di pensare a queste cose quando qualcuno inizia a urlare laggiù nel campo giapponese.

Non capisco la lingua, ma la voce può riferirsi solo a una cosa. La benzina sta inzuppando la terra e i giapponesi lo hanno notato, senza dubbio dall'odore.

Devi agire in fretta.

"Le granate! "urla". Non perdere tempo!

Ne apro uno e lo lancio in avanti con tutte le mie forze. Il Texas ne tira un altro.

La mia esplosione fa risuonare gli echi della foresta. Poi scoppia quello in Texas e il palco si illumina. Scoppia un immenso incendio, che sembra precipitarsi in avanti, inghiottendo l'accampamento.

Vediamo giapponesi che corrono tra le fiamme, i loro vestiti che bruciano; prende fuoco anche lo "Zero" in pista e bruciano anche le tende che ospitano i gialli. Le taniche di benzina iniziano ad esplodere, una dopo l'altra, proiettando le loro fiamme in modo fantastico.

La confusione è spaventosa. Ma non è niente in confronto a quello che arriva pochi istanti dopo. Ci sono una serie di esplosioni e, infine, una orribile che fa tremare la terra.

Forse le munizioni, un deposito di bombe dell'aviazione, stanno volando rumorosamente e frammenti di tutto nel campo stanno piovendo su di noi.

Immagino che pochissimi siano riusciti a fuggire da questa ecatombe. Ora, la cosa più sensata da fare è andarsene da qui.

Urlo degli ordini e corriamo come possiamo, sempre verso nord.

Quando, un paio d'ore dopo, saliamo su una collina e saliamo in cima, il grande fuoco è perfettamente visibile. Sono gli alberi che ora forniscono il carburante. I sopravvissuti al nostro attacco avranno molto da fare per spegnerlo, se mai lo faranno.

"Qualcosa di eccezionale", dice Texas.

Deve essere, immagino.

"Ci accamperemo qui", dico. Guardie di due ore. farò il primo.

Tutti ottengono il meglio che possono. Cercano di isolarsi dall'umidità del terreno formando cumuli di foglie e rami dei cespugli.

Siamo tutti stanchi morti. In pochi minuti dormono profondamente mentre io guardo. Penso di potermi fumare una sigaretta ora.

Lo accendo, proteggendo il fiammifero con il guerriero in modo che la luce non mostri. Poi tengo la sigaretta coperta con la mano. La punta in fiamme poteva essere vista a chilometri di distanza.

Con la notte c'è qualcosa di fresco. Sento un brivido e guardo le stelle.

Ho sempre pensato che l'Orsa Maggiore sia la più bella delle costellazioni. Adesso ho due ore per contemplarlo ininterrottamente.

* * *

Nonostante tutto, ho dormito profondamente. Credo di essere stato troppo stanco. Ma il rumore di un motore mi sveglia e vedo che anche i miei colleghi sono stati svegli.

L'aereo passa molto basso, quasi sfiorando le cime degli alberi. Siamo ben coperti da una vegetazione lussureggiante.

Immagino cosa succede; il piccolo aeroporto che abbiamo bruciato la scorsa notte ha innervosito i giapponesi. Devono presumere che ci sia una forza alleata significativa attorno a questi contorni e cercare di scoprirlo.

È un apparato di combattimento, uno "Zero", che ha fatto il primo passaggio.

Poi arriva un aereo da ricognizione, con carrello fisso, che vola molto più lentamente, anche se basso come l'altro.

Texas affronta il suo mitra e, prima che io possa fermarlo, spara furiosamente contro la macchina nemica. È molto difficile abbattere un aereo con proiettili di piccolo calibro, ma vola molto basso e qualsiasi aereo è abbastanza vulnerabile se viene colpito in un punto vitale.

L'apparato giapponese sale bruscamente. Spero che tu non abbia notato l'attacco a cui sei stato sottoposto, in questa fioca luce dell'alba.

Ma non posso fare a meno di ansimare. Il dispositivo sta lasciando una scia di fumo nero! Osservo con interesse la sua curva ascendente, finché non appare il bagliore arancione. Ha preso fuoco.

Qualcosa si stacca dall'apparato, allontanandosi da esso; poi l'enorme ombrello di un paracadute.

I due gurkha iniziano a correre. Immagino che daranno un caloroso benvenuto ai giapponesi, ma smetto di preoccuparmi di questo quando mi rendo conto che abbiamo di nuovo "Zero" su di noi.

Non so se ci ha scoperto, ma fa un passo sparando con le sue mitragliatrici. E anche i proiettili non sono mal diretti. Abbiamo toccato il suolo e comincio a maledire l'idea del Texas. Ma nella nostra breve esistenza di guerriglieri abbiamo già distrutto due aerei nemici e spedito un buon numero di giapponesi. Non male per i neofiti.

Lo "Zero" continua a mitragliare furiosamente quei contorni, ma sono bastoni ciechi, perché poi le raffiche si fermeranno lontano da noi. Questo dura un buon quarto d'ora, finché non finisce le munizioni.

"Farà caldo qui in men che non si dica", sorride Texas.

È giusto. La notizia che un campo di atterraggio è stato distrutto e un aereo abbattuto renderà la regione popolare, senza dubbio.

"Partiremo in fretta", ordino. Stai alla ricerca di un altro attacco aereo.

Continuiamo la marcia e, poco più avanti, mezz'ora dopo, i due Gurkha si uniscono a noi. Non dicono niente, ma so che da qualche parte nelle vicinanze ora c'è un cadavere giapponese, irrimediabilmente trafitto dai coltelli ricurvi di quei soldati della giungla.

* * *

Abbiamo scoperto il villaggio birmano in una piccola valle non lontano dalla Northern Highway, che si snoda a poche miglia oltre. Con il binocolo del tenente sikh, di cui mi sono appropriato come capo, scruto gli edifici, per lo più bambù, cercando di scoprire se ci sono giapponesi lì.

Vedo persone con gli abiti colorati che si usano in campagna, mucche che vagano tranquille e lavoratori nei campi di canna da zucchero e di riso vicini; nessun segno di giapponese. Tuttavia, non fidarti.

Sono cinque giorni che camminiamo nella giungla e le nostre scorte stanno finendo. Abbiamo a malapena del pane secco, del formaggio e qualche lattina di conserve.

Passo il binocolo in Texas.

"Ci sono un sacco di bestiame qui", dice. E abbiamo soldi.

È vero. Trasportiamo dollari cinesi e sterline anglo-indiane. Suppongo che sarà possibile acquistare carne nel villaggio. E, naturalmente, qualsiasi tipo di cibo che vogliono venderci.

Ci siamo riuniti tutti sotto uno dei grandi alberi e abbiamo discusso della situazione.

"Non possiamo apparire in città l'intero gruppo" espongo. Se ci sono i giapponesi ed è una trappola, chi non va si salva. D'altra parte, anche se i giapponesi adesso non ci sono, è logico pensare che prima o poi si faranno vedere. Quindi, i nativi potranno solo riferire ciò che vedono; di due soli uomini. Il piccolo Gurkha ed io andremo. Gli altri aspetteranno qui, a guardia della città. Se ci sono nemici, o se compaiono mentre siamo lì, il gruppo deve fuggire, dirigendosi a nord. Non aspettare. Cercheremo di seguirli. Se non torniamo, e finché durerà la mia assenza, il tenente prenderà il comando...

Guardo il Texas stupidamente. Non mi sono ancora preso la briga di scoprire il suo nome. Lui sorride.

"Egan" informa ". Il tenente James Egan.

Il "tenente Egan" continuò. "A sua volta, sarà sostituito se necessario dal tenente...

Anche il Sikh sorrise.

Canta Muzumdar.

"Beh, questo è tutto", ha concluso.

Il sergente Gurkha e io ci avviammo, scendendo lentamente il pendio verso il villaggio. In vista di come si stanno svolgendo gli eventi, non posso fare a meno di sentirmi ottimista. La Birmania è molto grande e, d'altra parte, il terreno è così intricato e le foreste così fitte, che i giapponesi dovrebbero avere un uomo dietro ogni albero per controllare adeguatamente il territorio.

In altre parole: penso che ce la faremo.

Siamo arrivati alla fine della foresta, ai margini dei campi coltivati. Ci siamo accovacciati lì e abbiamo guardato gli indigeni. Non sembra esserci alcun pericolo; Sono impegnati con i loro compiti e non c'è traccia di soldati giapponesi.

Guardo Piccolo Gurkha. Mi guarda con calma. La decisione è mia.

Mi assicuro che il mitra sia pronto ed esco nella radura, lasciando la foresta. Il gurkha mi segue, guardandosi intorno.

Non succede nulla per pochi istanti. Continuiamo a camminare verso le prime case del paese, come se fossimo nel nostro territorio.

Poi qualcuno ci scopre e urla qualcosa. C'è un formidabile trambusto in meno di quello che serve per segnalarlo. Uomini, donne e bambini ci corrono incontro e ci circondano; ma purtroppo non riesco a capire cosa dicono.

Mi rivolgo a Little Gurkha per vedere se può interpretare per me, ma non riesco proprio a porre la domanda. Scuoti la testa in modo negativo. Inoltre non parla birmano, o qualunque sia questa lingua. So che ci sono diverse razze e lingue nel paese.

Sorrido solo a destra e a manca e mi rendo conto, con un certo sussulto, che non stiamo andando, ma che ci stanno prendendo. In altre parole, ci stanno spingendo verso una certa parte della città. Non so se oppormi o assecondare queste persone.

Opto per il primo. Arriviamo davanti a una casa di bambù, più spaziosa delle altre, e il gruppo di birmani che ci guida si ferma.

L'attesa però non è molto lunga. Pochi minuti dopo un orientale appare alla porta e ci guarda attentamente. Sebbene il suo viso assomigli a quello di altri abitanti della città, è vestito con un abito occidentale bianco.

"Inglese?" mi chiede.

"Americano. Sono un aviatore e sono stato abbattuto cinque giorni fa" gli rispondo.

Annuisce con la testa. Si sporge da un lato e ci indica dentro. Ci sta invitando ad entrare.

Quando lo facciamo, ci troviamo in una stanza quadrata, con stuoie di bambù sul pavimento. Comunque è fresco, e pulito, molto civile rispetto alla vita che abbiamo condotto ultimamente.

Il nostro ospite batte le mani, e subito una ragazza birmana davvero attraente ci porta delle tazze di tè su un vassoio di legno.

La conversazione inizia solo dopo aver bevuto qualche sorso, suppongo che questa sarà l'usanza del paese.

"Io sono il dottor Indaw" ci dice. "Il capo villaggio è assente ma qui ho molta influenza.

"Ci sono inglesi in giro? "Chiedo.

Scuoti la testa in modo negativo.

"Le forze alleate si sono ritirate al nord", ci informa. "Anche in Occidente, sulla strada per lo Yunnan, in Cina. Sappiamo che da queste parti operano piccoli guerriglieri, resti di unità distrutte dagli invasori, ma abbiamo appena visto l'uno o l'altro. I giapponesi occupano il Paese e vengono qui di tanto in tanto Il mio consiglio, se ti è utile, è di cercare di arrivare a Manipur.

Manipur è a nord-ovest di questo punto. È quello che avevamo programmato di fare comunque.

"Ci possono vendere cibo? "È la mia prossima domanda.

"Siamo scarsi", dice. I giapponesi prendono tutto quello che trovano, ma penso che possiamo dar loro del riso.

"Forse" osservo "è possibile per noi acquisire una mucca.

Ora il dottor Indaw sorride gentilmente:

"Temo di no", spiega. Gli abitanti del villaggio sono buddisti e non possono uccidere animali. Né venderanno nessuna delle loro mucche da macellare. Dovranno accontentarsi del riso. I suoi compagni capiranno, sicuramente.

Hai indovinato che non siamo solo noi due. Comunque, questo non importa. Questi birmani sembrano amichevoli e senza dubbio temono abbastanza i giapponesi da odiarli.

Prenderemo quello che ci danno e andremo per la nostra strada. Ci imbatteremo in altre città e spero che siano tutte come questa.

Non abbiamo l'opportunità di continuare a scambiare impressioni. Nei pressi del villaggio esplode una bomba a mano e si sentono degli spari. Penso di riconoscere il fuoco delle nostre armi, anche se posso sbagliarmi.

Cosa può essere successo? Corro alla porta di casa e metto il binocolo verso il pendio dove hanno soggiornato i nostri compagni.

Non vedo nulla e, in compenso, il fuoco si è fermato. Quei rumori potrebbero provenire da qualche altra parte. Sto per lasciare il villaggio in fretta, non appena ci danno il cibo promesso.

Tuttavia, non siamo solo noi a preoccuparci; gli indigeni sembrano molto eccitati. Un uomo arriva di corsa e parla con il nostro ospite. Vedo il tuo viso scurirsi.

"Giapponesi!" mi dice. Lungo la strada arriva un camion carico di loro.

Sento già il rumore del motore. Troppo tardi per conquistare la foresta senza essere visti.

Poi il dottore grida ordini. Poi torna da noi.

"La mia gente li nasconderà. Vai veloce! "ci dice.

Se ne va, senza dubbio per incontrare i pericolosi visitatori, mentre Little ed io, guidati da un birmano, veniamo condotti davanti a uno degli edifici del villaggio. La guida ci fa segno di salire sulla scala che è appoggiata al muro di bambù.

Lo facciamo velocemente e ci ritroviamo in una specie di fienile, in parte riempito di erba secca.

Poiché questo è più alto del resto degli edifici, possiamo vedere molto bene cosa succede sotto. Lungo la strada appare un camion leggero, con gli odiati dischi rossi ai lati. All'interno sono ammassati circa otto o dieci soldati.

E qualcos'altro. Vedo i capelli chiari e il mio cuore perde un battito. C'è una donna con loro, una donna bianca.

Poi, quando gira la testa, la riconosco. È Doris McDonald!

Che fine hanno fatto gli altri? Non è difficile da immaginare. In qualche modo, quelle scimmie gialle hanno sorpreso la festa, uccidendoli tutti. Meno lei. Devono avere altri piani. Quando penso a loro, sento un fastidio molto sgradevole alla bocca dello stomaco.

Scendono sulla terra. Vengono inviati da un giovane, minuscolo ufficiale con la sua spada da samurai al fianco e una voce acuta, che abbaia ordini nella loro dannata lingua.

"Dott. Indaw li incontra e l'ufficiale gli parla. Lo vedo che indica una delle case e immagino che stia fornendo alloggio. Ma l'ufficiale non entra lì. È Doris che viene spinta da uno dei soldati, che rimane sulla porta, di guardia.

L'ufficiale parte con il dottore e gli altri soldati restano accanto al camion.

Guardo Piccolo Gurkha.

"Se saliamo sul tetto," dico, "possiamo avvicinarci abbastanza da lanciare granate ai soldati vicino al camion. Speriamo di distruggerli tutti. Quindi avremo solo due uomini da affrontare.

Il piccolo gurkha annuisce con la testa.

"Sì, signore," dice laconicamente.

Credo di aver letto qualcosa su alcuni rosari bomba usati dai guerriglieri filippini. Si tratta di infilare alcune granate attraverso gli anelli, tirare la sicura di una di esse e lanciarle. Devono esplodere tutti con quell'effetto chiamato "simpatia".

Ne abbiamo alcuni con noi. Ne preparo cinque, allacciandoli con la cintura. I pantaloncini che indosso mi stanno un po' stretti e non ne avrò bisogno.

Così siamo scivolati fuori dal fienile sul tetto. Questo è troppo flessibile. So che è forte e reggerà perfettamente il nostro peso, ma ondeggia sotto i nostri piedi in un modo un po' rassicurante.

Andammo sul tetto della casa successiva e poi su un'altra. Siamo già davanti al camion.

sbircio un po'. I soldati sono seduti per terra, fumano e parlano ad alta voce. È il momento; deve essere fatto prima che si disperdano.

Sgancio una delle granate e allungo la mano. Eccoli!

Li ha lanciati con buona mira e vedo che descrivono un arco, andando a cadere in mezzo al gruppo, proprio sulla testa di uno dei soldati.

Urla freneticamente.

Mi nascondo e l'esplosione suona. Non tutti sono morti, ma nessuno è risorto. Little Gurkha lancia un'altra granata e le urla cessano.

Corro all'altra estremità del tetto. Da lì vedo il soldato che fa la guardia al luogo dove è stata rinchiusa Doris.

Anzi, arriva correndo, incollato alla parete opposta. Gli sparo una breve raffica con il mitra, e il terreno gli salta ai piedi.

Fa cadere un ginocchio a terra e si gira, scoprendomi. Alza il fucile, però, troppo tardi. Il prossimo download termina con lui.

"Doris! "urla". Sdraiati a terra e non muoverti!

Ora l'ufficiale giapponese è solo. Capisco che dobbiamo finirlo in fretta e andarcene da qui. Questo camion non sarà l'unico a fare pattuglie qui intorno. Rischiamo che se ne presenti un altro.

Dal tetto godiamo di una buona posizione. Il piccolo Gurkha da una parte e io dall'altra; i giapponesi non sapranno dove cercarci. Molto probabilmente, andrà nel luogo in cui ha lasciato i suoi uomini con il camion.

È esattamente ciò che accade. Con il tronco proteso in avanti, impugnando la spada con la mano sinistra e brandendo una pistola con la destra, l'ufficiale corre verso il camion.

Ho sbloccato un'altra granata. Conto lentamente fino a tre e lo lancio a circa un metro davanti a lui.

Scoppia rumorosamente. L'ufficiale è caduto. Una gamba è quasi staccata sopra il ginocchio; è a faccia in giù, appoggiato alle mani e urla come una bestia feroce.

Il piccolo Gurkha è già sceso dal tetto. Corre come una freccia verso i giapponesi, con il suo coltello ondulato in mano. Non hai un secondo di esitazione. Lo afferra per il collo e lo pugnala con il coltello, una, due, tre volte, finché non crolla e smette di urlare.

Cado a terra dal tetto. È alto appena sette o otto piedi.

"Doris! "urla". Doris!

La ragazza appare dietro l'angolo. Cammina come se le sue gambe fossero diventate di gomma, mentre si piegano a ogni passo. Mi si avvicina e gli sorrido.

"È tutto finito" gli dico sorridendo. " Noi possiamo...

Ma lei non mi ascolta. È aggrappata al mio braccio, la testa appoggiata sulla mia spalla. La sua schiena trema, ma non sento alcun suono.

"Va bene, calmati" dico. Il pericolo è passato. Usciamo di qui subito.

La crisi passa in fretta. Fai un passo indietro e sorridi con coraggio.

Arrivano alcuni nativi e il dottor Indaw. Guarda tristemente il cadavere dell'ufficiale giapponese.

"Ci saranno ritorsioni", dice lentamente.

Capisco il tuo punto di vista. Dobbiamo fare qualcosa.

"C'è un fiume che scorre qui intorno? Chiedo a lui.

"El Mu. Meno di due miglia.

Per quanto mi pare di ricordare, il Mu è un affluente dell'Irrawaddy. È tra quest'ultimo e il Chindwin.

"Ordina che i corpi vengano caricati sul camion", gli dico. Lascia che mettano anche loro le armi. E prepara il riso che ci daranno.

Tutto è fatto rapidamente. Caricano i corpi dei giapponesi sul camion e ci danno un paio di sacchi di grano di circa dieci libbre ciascuno. Quindi il medico non vuole accettare alcun pagamento per lui.

Esaminiamo il camion. Il suo corpo è molto malconcio; Si è rotta una ruota posteriore, ma copriremo solo una breve distanza. Possiamo farlo. Il dottore viene con noi, per indicarci la strada.

Doris, il dottore ed io salimmo in cabina. Il piccolo Gurkha sale, in fondo. Accendo il motore. Funziona perfettamente. Lentamente, a causa della ruota danneggiata, ci siamo fatti strada lungo la strada fangosa.

Ci abbiamo messo mezz'ora per fare i due chilometri, ma ci siamo arrivati. Il dottore indica con la mano.

"Ecco qua", dice.

Il fiume scorre in una scatola lungo una valle. Il sentiero si restringe, ma riesco a scendere vicino alla riva.

Freno e usciamo dal veicolo. Dico al gurkha di raccogliere tutte le bombe a mano che i giapponesi stanno trasportando, e quando le scarichiamo dal camion e mettiamo da parte il riso, risalgo in cabina e rilascio i freni.

Il camion scivola nel fiume, prendendo velocità. La strada piega a nord, per prendere un andamento parallelo alla corrente, ma non prendo la curva. Salto a terra e riesco a non perdere l'equilibrio. Vedo come il camion sfreccia verso il fiume, scomparendo sotto le sue acque giallastre.

Torno dagli altri. Stringo la mano al dottore.

"Grazie di tutto", dico brevemente.

"Buona fortuna", risponde.

IV

Little Gurkha mi offre una sigaretta. Ci siamo fermati in mezzo a quella giungla infinita. Secondo me, non siamo avanzati fino al confine per più di cinquanta o sessanta miglia, il che è scoraggiante.

Noto che il pacchetto di sigarette è quasi vuoto. Guardo nelle mie tasche e scopro che ne abbiamo solo uno in più, che è nel mezzo. L'alternativa è questa: o smettiamo di fumare o prendiamo le sigarette dai giapponesi.

Abbiamo finito anche con le provviste che siamo scesi dall'aereo e, da questo momento, dovremo iniziare con il riso e con tutto ciò che possiamo procurarci con i nostri mezzi.

Non ho chiesto a Doris dell'imboscata in cui perirono i nostri compagni. Sono già morti e non serve conoscere maggiori dettagli.

Abbiamo un problema. Ci mancano le stoviglie. Ci serve qualcosa per cuocere il riso. Il piccolo Gurkha risolve la situazione tagliando il coperchio di una delle mense. Penso che il riso cotto, senza nemmeno sale, sarà orribile. Vorrei poter aggiungere qualcosa di più gustoso, la carne, per esempio.

Suppongo che questa giungla sarà piena di animali, ma vediamo solo due specie in abbondanza: uccelli con l'aspetto di cacatua e scimmie.

"Come stai? Chiedo a Doris.

“Beh. Dammi una sigaretta, d'accordo?” risponde.

Gliene do uno e lei lo accende con il mio. Anche le partite che ci mancano non dureranno per sempre.

"Potremmo abbattere uno di quegli uccelli", dico a Little Gurkha.

Scuoti la testa in modo negativo.

“Sono molto duri” mi informa “. Hanno cattivo gusto. Meglio, daremo la caccia a una scimmia.

Doris rabbrividisce.

“Che cosa orribile! Lui commenta.

"È carne" sorrido. "Ci può far sembrare più appetibile il riso cotto.

Il piccolo Gurkha annuisce. Sebbene si sia dotato di una mitragliatrice quando abbiamo raccolto l'attrezzatura dall'aereo, non ha staccato il suo fucile con un mirino telescopico. Immagino che debba essere un ottimo tiratore.

Lo vedo affrontare la pistola e prendere la mira con attenzione. C'è uno stormo di scimmie in uno degli alberi vicini. Premi delicatamente il grilletto e le scimmie urlano orribilmente non appena suona la detonazione. Poi, dopo aver inciampato su alcuni rami, una scimmia cade a terra. Lui è ancora vivo. Il gurkha corre verso l'animale e lo finisce con il suo lungo coltello.

Quindi lo lega a un ramo basso e inizia a staccare la pelle. È una scena disgustosa. La somiglianza degli antropomorfi con l'uomo è troppo inquietante e comincio ad avere i miei dubbi sul fatto che migliori il riso.

Una volta scuoiato, l'insetto mi provoca una nausea terribile. Sembra il cadavere di un bambino. Doris ha girato la testa in un'altra direzione. Capisco che non sarà possibile per noi divorarlo.

E lo dico al gurkha.

"La scimmia è buona" cerca di convincerci.

"Per non parlare" sorrido. Mangeremo riso da soli. La carne per te.

Non lo capisci, ma facciamo quello che propongo. Accendiamo un piccolo fuoco e cuociamo una porzione di riso nel bollitore improvvisato. Poi il gurkha gliene prepara un altro, con la carne di scimmia maledetta.

Il riso è davvero pessimo; una massa gelatinosa, dal sapore affumicato. La cosa peggiore è la mancanza di sale. Ricordo di aver letto che gli antichi cacciatori della prateria americani condivano il loro cibo con polvere da sparo per mancanza del condimento necessario.

Estraggo una cartuccia da uno dei caricatori che porto e rimuovo il guscio. Assaggio la polvere da sparo, ma non riesco a trovare un sapore simile al sale. Un po' come il carbone tritato, quindi lo sputo velocemente e finisco il mio riso.

Non solo il cibo è disastroso, ma mancano le posate, dobbiamo usare le dita. Guardo Doris e non posso fare a meno di ridere. I suoi occhi si allargano, apparentemente molto sorpresi; poi, come se si rendesse conto di quanto sia divertente la situazione, ride.

Non mi faccio la barba da nove giorni. Nemmeno noi siamo puliti a metà; Io, per lo meno, devo sembrare bizzarro. Per qualche istante abbiamo riso come matti. So che, in questo momento, abbiamo rotto la tensione che ci ha dominato tutti questi giorni.

"Sono sicuro che ne usciremo vivi" dico a Doris. Se vogliamo ancora ridere, possiamo far fronte a qualunque cosa accada dopo.

Il gurkha ci guarda, continuando a mangiare il suo riso scimmia. Non ride. Stai sicuramente pensando a quanto siano strani i bianchi, e potresti avere ragione.

"Siamo le persone più felici del mondo a ridere in una situazione come questa" sorride Doris. E, anche, il più sporco.

"Ho ascoltato! Il gurkha alza una mano.

Il mio cuore salta un battito. Giapponese?

Sento solo una specie di grugnito soffocato. Vengono dalla nostra destra.

Guardo interrogativamente il gurkha.

"Il cinghiale! Sussurra a voce bassissima.

Carne commestibile! Il pensiero mi elettrizza. Prendo il mitra e punto nel bosco.

"Lo prenderemo! "Ordino." Resta qui, Doris!

Il gurkha prende il suo fucile e scivoliamo il più silenziosamente possibile verso il luogo da cui provengono i rumori. Il mio compagno sa come camminare su questo terreno molto meglio di me. Prendi l'iniziativa e maledico i rami morti e la lettiera per terra.

Finalmente raggiungo. È caduto a terra e punta in avanti. Mi inginocchio e sbircio nel sottobosco. In una piccola radura, una cinquantina di metri più avanti, ci sono due bestie pelose, simili al maiale comune. Due cinghiali la cui sola contemplazione mi riempie la bocca d'acqua.

Indosso il mitra e prendo la mira.

Il gurkha avvicina la sua bocca al mio orecchio.

"Al piccolino" indica a voce bassissima.

Mi sembra sciocco. Ci costerà lo stesso, quindi miro al più grande e premo il grilletto.

Sono fortunato ad abbattere l'animale; ma l'altro non scappa. Comincia a sbuffare e si lancia verso di noi a tutta velocità.

Il gurkha urla qualcosa; Non capisco cosa voglia dire, ma riprendo la mira e sparo al cinghiale. La scarica si interrompe bruscamente; non importa quanto premo il grilletto, non riesco a farlo funzionare. Il gurkha corre a sinistra. Mi sono messo di fronte a lui e ha bisogno di spazio e visibilità per scattare.

Tiro la leva per espellere la cartuccia inceppata senza successo.

Il cinghiale arriva correndo come una locomotiva, le zanne ricoperte di schiuma. Con loro può darmi un'antipatia, paralizzandomi gravemente.

Lascio cadere la mitragliatrice e sguaino la baionetta giapponese di cui mi sono appropriato qualche giorno fa, ma non credo che sarò in grado di usarla efficacemente.

Poi suona uno sparo. Uno solo, ma il cinghiale crolla, scalciando furiosamente con le zampe anteriori, cercando ancora di avvicinarsi a me.

Il proiettile gli ha rotto la spina dorsale. Il piccolo Gurkha ha un occhio eccezionale; Mi ha salvato da una situazione estremamente pericolosa.

Mi avvicino al cinghiale ferito, gli do il colpo di grazia, affondandogli la baionetta nel collo. Un getto di sangue salta fuori e tutto finisce in fretta.

I giapponesi che possedevano questa lama in precedenza si preoccupavano di mantenerla affilata.

Il gurkha mi viene incontro. Porta il fucile sotto il braccio e qualcosa che sembra un sorriso è disegnato sulle sue labbra. Con questi asiatici è difficile sapere con quale carta restare.

"La femmina attacca ogni volta che il maschio si uccide", mi dice. Invece, il maschio fugge e abbandona la femmina.

Ora capisco la sua determinazione a sparare al più piccolo dei cinghiali, cioè la femmina. Il bilancio del mio errore è costituito dai secondi di tensione che ho subito e da due animali morti, quando ne avremmo avuto abbastanza di uno.

"Tagliamo i prosciutti", suggerisco. "Mangeremo come dei re.

Il gurkha sa come farlo. Quindi portiamo le quattro zampe della nostra preda e torniamo da Doris. Non vi racconto la mia avventura, dal momento che vi ho giocato un ruolo non molto aggraziato.

Il fuoco si riaccende e mettiamo una delle zampe del cinghiale sulle fiamme, infilzandola su un paletto che Little Gurkha taglia.

Terminata la tostatura viene in parte bruciata e in parte, quasi cruda; ma è la cosa più deliziosa che abbia mangiato da quando ho lasciato la base di Assam.

Anche Doris è all'altezza della carne, e il piccolo gurkha, nonostante la quantità di riso e scimmia che ha mangiato, ne mangia una buona porzione. Ci sentiamo tutti meglio.

Non è però quello che so, dice un pasto tranquillo. Strani rumori provengono dalla foresta. C'è un ululato, qualcosa che sembra abbaiare e, per finire, una serie di strilli e qualcosa che sembra una risata pazza.

Doris mi guarda con apprensione. Mi rivolgo al gurkha.

"Lo sciacallo e la iena" spiega questo, molto calmo. Cani selvatici.

Accendiamo una sigaretta dalla nostra magra scorta e comincio a smontare il mitra per sbloccarlo. Lo prendo facilmente e lo rimetto insieme quando ci viene una specie di tosse secca, sulle ali del vento, seguita da un ruggito profondo, cupo, che fa tremare la terra.

Il gurkha non aspetta che glielo chiediamo.

"La tigre" dice brevemente.

Siamo nel dominio degli animali selvaggi, meno temibili, tuttavia, dei figli del sol levante che occupano questa terra un tempo pacifica.

Gli animali selvatici banchetteranno con i resti dei cinghiali, ma seguendo un turno preferito, secondo categorie. In questo, gli uomini hanno ancora molto da imparare dalle bestie.

Ho finito i compiti.

"Un pisolino è necessario" sorrido. Avremo una digestione laboriosa e non c'è rifornimento di bicarbonato.

Ci stendiamo a dormire all'ombra della foresta tropicale. Le piogge sono già cessate e la terra è asciutta.

* * *

Il Chindwin corre ai nostri piedi. Non ci sono strade in questa parte del paese.

Il fatto che non ci siano strade significa che i giapponesi non possono usare a profusione truppe motorizzate in questi territori. Così, siamo più sicuri di non avere incontri spiacevoli.

Tuttavia, non devi guardare lontano per trovare questi piccoli gialli persistenti. Hanno organizzato un sistema di pattugliamento utilizzando chiatte della marina. Osserviamo come uno di loro si ancora vicino alla riva e sbarca un plotone di dodici soldati: guadano il torrente con l'acqua alla cintola, tenendo alte le armi e scompaiono nella giungla.

A bordo restano due marinai. Suppongo che ci debba essere più dell'equipaggio; almeno tre e un ufficiale.

La cosa più saggia da fare sarebbe scappare da lì, ma ieri abbiamo fumato l'ultima sigaretta e le nostre provviste sono finite. Non c'è dubbio che la barca sarà fornita delle cose di cui abbiamo bisogno; quindi, rischieremo di fargli visita.

Ci sediamo a terra, in un punto da cui possiamo comodamente guardare la barca. Mentre mangiamo l'ultimo pezzo di cinghiale arrosto che ci è rimasto, l'equipaggio salta a terra. Il sole è molto caldo e la barca di metallo sarà una fornace a quest'ora.

Ci sono, come sospettavo, tre marinai e un ufficiale. Accendono un falò sotto un albero vicino alla riva e preparano il cibo. È un'occasione ideale per strisciare vicino a loro e spedirli con un paio di granate.

Ma la pattuglia che è sbarcata non può essere molto indietro. Se sentono le detonazioni possono intraprendere il ritorno alla carica e sarebbe un pessimo affare. Il sistema che usiamo deve essere diverso.

"Aspetteremo che faccia buio" dico allora. "Ci sarà almeno un uomo di turno sul ponte. E sorveglierà preferibilmente la riva. Il sergente ed io nuoteremo e ci arrampicheremo sull'altro lato.

Doris mi guarda stanca. Il viaggio è molto duro. Tuttavia, non è la stanchezza fisica a deprimerla di più. È l'incertezza, la tensione nervosa di questa marcia in territorio nemico dove ogni momento può essere l'ultimo.

Qual è la mia parte nel piano? "domanda.

"Aspetta. Aspetta qui. Per il lavoro che faremo, siamo sufficienti. Se va storto, continua il percorso a nord, seguendo il fiume. A sole ottanta miglia a nord c'è Sittaung. La città sarà caduta nelle mani di i giapponesi, ma a ovest di Sittaung, a meno di venti miglia di distanza, corre il confine di Manipur, territorio amico. Quella sarà la sua meta se sarà sola, e la nostra se continueremo insieme. Direi "aggiungo sorridendo" , che avremo successo e usciremo dalla Birmania senza ricevere un semplice graffio.

Paro, nonostante il mio tono leggero, ci sono presagi neri che fluttuano nell'aria. Il gurkha non ha niente da dire. E Doris attraversa una crisi di esaurimento e disperazione. Tuttavia, questo attacco alla chiatta deve essere effettuato.

Senza cibo siamo persi. Dobbiamo provare.

Le ombre si allungano mentre il sole cammina verso il tramonto. Presto dovremo imbarcarci nell'avventura di sconfiggere e annientare quattro giapponesi, in silenzio.

C'è la possibilità che la pattuglia sbarcata ritorni a bordo al calare della notte, ma penso che molto probabilmente ci vorrà un giorno intero o più per tornare. Ad ogni modo, correremo il rischio.

Quando si fa buio sento come un esaurimento nervoso. È una preoccupazione che cerco di nascondere. So che i miei colleghi si fidano di me e non devo tradirli.

Se avessimo anche solo qualche sigaretta, penso che questa attesa sarebbe più facile per me. Doris, all'improvviso, sembra aver indovinato il mio pensiero.

Cerca nella sua piccola borsa un panno progettato per contenere una maschera antigas dell'esercito giapponese, che abbiamo catturato da uno dei cadaveri che abbiamo gettato nel fiume qualche giorno fa.

Ne tira fuori qualcosa e me lo porge. Faccio un gesto sorpreso. È un pacchetto spiegazzato di sigarette giapponesi, gravemente danneggiato. Ne ha parecchi.

"Lo stavo conservando per un'occasione straordinaria", dice lentamente.

"Questa" è un'occasione straordinaria. Sarà lasciata sola, qui in mezzo alla giungla birmana, mentre noi usciamo per intraprendere un'azione dalla quale potremmo non tornare.

Accendiamo le sigarette e fumiamo per qualche minuto. Di tanto in tanto scruto il sito dove si trovano i giapponesi. Potrebbero non tornare a bordo e dormire a terra, anche se questo è improbabile.

Infatti, appena si fa più buio lasciano la riva e salgono sulla barca. Abbassano la bandiera del sol levante. Un marinaio fa la guardia sul ponte, armato di fucile e baionetta fissa. Gli altri scompaiono attraverso i portelli. Quando accendono le luci, chiudono questi sportelli, anche se, non proprio, a causa del caldo, in modo che alcuni raggi vengano filtrati.

Penso che sia abbastanza buio per i nostri scopi.

"Andiamo? Dico al gurkha.

Si alza e mette da parte il fucile. Porteremo solo le pistole e le armi da taglio.

"Quando vuoi, capitano", risponde.

Mi rivolgo a Doris.

"Non ci vorrà molto", gli dico. Noi torneremo.

Lei non risponde. Scivoliamo silenziosi lungo il pendio, fino a raggiungere la sponda del fiume, sopra il luogo dove è ancorata la barca. Quindi, quando dovremo nuotare, lo faremo con la corrente. Non voglio pensare al brutto momento che passerà Doris, aspettando il nostro ritorno.

Ci siamo mossi tra i cespugli sulla riva, attraverso l'oscurità crescente. Sarà una notte senza luna, molto adatta alla compagnia.

Qualcosa mi ossessiona mentre percorriamo questi ultimi metri per raggiungere un punto favorevole per tuffarci in acqua. Mi infastidisce straordinariamente non trovarlo. C'è un dettaglio che non ho preso in considerazione durante la pianificazione della faccenda, ma non entro in quello che potrebbe essere.

Ci penso per questi brevi minuti senza realmente risolvere il problema.

Infine, ci fermiamo. Da qui possiamo nuotare comodamente, la barca è abbastanza a valle. Avvolgo la mia pistola in una busta di plastica di quelle che contengono pane secco e ne do un'altra al gurkha per fare la stessa operazione con la sua rivoltella.

Spero che siano efficaci nell'impedire che le pistole si bagnino. Quindi guadiamo il ruscello fangoso fino a quando l'acqua è sopra la nostra vita. Poi abbiamo iniziato a nuotare, lentamente per non sollevare schiuma o fare il minimo rumore.

Il pensiero di aver dimenticato qualcosa, qualcosa di importante, tortura la mia mente, ma non c'è niente che io possa fare per risolvere questa situazione.

V

L'acqua è calda. Questo bagno sarebbe un piacere in altre circostanze. Ad ogni modo, quello che mi preoccupa di più è quella sensazione di disagio per aver dimenticato qualcosa.

Tuttavia, sono andato avanti. Questo dovresti ricordare si riferisce a una conversazione alla base in Assam. Sì, era qualcosa che un collega mi ha detto sul Chindwin. Cosa è stato?

Improvvisamente, comincio a sentire freddo. Quello che mi hanno detto si riferiva ovviamente al Chindwin, "Fai attenzione a non cadere nelle acque del Chindwin", è stato quello che mi hanno detto, "è uno sciame di coccodrilli".

coccodrilli!

È troppo tardi per i rimpianti. Dobbiamo solo nuotare un paio di centinaia di metri, più che sufficienti per capire se è vero o meno per i coccodrilli. Mi chiedo se il gurkha lo sappia.

Molto probabilmente lo sai. Solo, essendo un buon soldato, se un superiore, io, dice di nuotare nel Chindwin, Little gurkha non ha niente da dire. Provo affetto e ammirazione per questo individuo di un'altra razza che combatte valorosamente al nostro fianco.

Ogni momento aspetto che le fauci mortali di un coccodrillo si chiudano sul mio corpo. Questa sensazione è molto acuta, specialmente nei piedi, che sembrano toccare oggetti estranei ad ogni movimento che faccio.

Tuttavia, abbiamo raggiunto il lato della barca senza incidenti. Il peggio viene quando ho afferrato la falchetta bassa e mi hanno fatto salire sul ponte. In quest'ultimo momento mi viene quasi da urlare. Ma tutto finisce bene; Sono già a bordo, curvo, baionetta in mano, in attesa del mio compagno, a meno di quattro metri dalla sentinella, che fuma tranquillamente una sigaretta.

Riesco a vedere la sua figura sfocata ad ogni succhiata che prende. Il gurkha mi viene incontro in silenzio. Considero la situazione per un momento.

La sentinella resta immobile, fumando. Tra lui e noi c'è l'imboccatura di un portello, alto circa un metro e mezzo. Da qui è visibile solo la sua testa, poiché non cammina più su e giù.

Segnalo al gurkha di andare avanti, io andrò dietro. Dobbiamo eliminarlo silenziosamente se vogliamo avere successo.

Il gurkha annuisce. Toglie il sacchetto di plastica dal revolver e scopro la mia pistola. Sarà l'ultima risorsa per usare le armi da fuoco, ma lo faremo se necessario.

Poi afferro la baionetta e mi infilo dietro il portello.

Ho la sentinella a meno di un passo. Se si girasse in questo momento, probabilmente non mi vedrebbe. L'oscurità è profonda; lui, invece, è in svantaggio, con quella sigaretta in bocca, ad indicare la sua posizione.

Devi agire in fretta. Mi siedo e attacco. Gli metto il braccio sinistro intorno al collo, in modo che lo premo sul dado in modo che non possa emettere il minimo grido. Allo stesso tempo, l'ho baionetta nel fianco fino alle guardie.

Si dimena così violentemente che penso gli sfuggirà di mano. Ma il gurkha è già lì, brandendo il coltello da esperto quale è.

Sento il suono inquietante della carne e della cartilagine che vengono squarciate dalla temibile lama del mio partner, che inchioda e taglia come una bestia.

La sentinella è già un peso inerte sul mio braccio. Il gurkha mette da parte il fucile della sentinella e, in mezzo a noi due, lo prendiamo per i piedi e lo mettiamo a testa in giù nell'acqua. Rilasciamo con cautela e il corpo del giapponese affonda silenziosamente.

Ora che possediamo il mazzo, dobbiamo aspettare che qualcuno venga a sostituire la sentinella. Non possiamo rischiare di scendere dal portello e ingaggiare tre uomini in un luogo che non conosciamo, ma che sarà loro molto familiare.

I minuti passano lenti, ma l'occasione arriva prima di quanto immaginassimo. Qualcuno esce dal portello e dice qualcosa. Dato che non capisco il giapponese, suppongo che questo marinaio vorrà parlare con la sentinella. È un momento difficile, perché nessuno gli risponderà.

Ma il marinaio non sospetta cosa sta succedendo. Devi immaginare che il tuo partner sarà distratto; Esce sul ponte e fa qualche passo nella mia direzione, avvicinandosi pericolosamente. Sono accovacciato dietro una delle prese d'aria, chiedendomi quando è il momento giusto per saltarci sopra.

Riesco a malapena a distinguerlo al buio, ma la sua uniforme bianca risalta abbastanza da non perderlo di vista.

Improvvisamente, i giapponesi sembrano iniziare una danza diabolica. Scalcia furiosamente anche se non emette il minimo suono. Gli salto addosso e capisco cosa succede in un secondo. Il gurkha, usando la sua cintura, sta cercando di strangolarlo.

Devo aiutarlo ed è quello che faccio. Inchiodo rapidamente la mia baionetta, assestando colpo dopo colpo. Qualcosa di caldo e viscido sta scivolando dalla presa, appiccicandosi alla mia mano, ma continuo a inchiodare e inchiodare finché il marinaio non è immobile, inerte come un sacco pieno di qualcosa di morbido e pesante.

Gli facciamo seguire lo stesso percorso del suo compagno e gli batto il gurkha sulla schiena. Questo compito sta andando molto bene per noi. Non ho dubbi che ce la faremo e sono di ottimo umore.

Faccio cenno a Little Gurkha di stare vicino al portello e aspettare.

Guarderò l'altro a poppa, ed è lì che scivolerò. I vestiti bagnati mi fanno rabbrividire, ma un soldato non può chiedere conforto. Non posso fare a meno di sorridere mentre considero che strano tipo di soldato sono, un pilota al comando del territorio nemico.

Mi avrebbe risparmiato molto tempo sapendo come avrei dovuto fare la guerra; Il governo ha speso molti soldi per il mio apprendistato per ottenere, in cambio, un combattente a piedi tra i più rari al mondo.

Una risonanza metallica mi fa trasalire. La vetrata di poppa, a meno di due metri da me, è stata appena aperta. La testa e le spalle del terzo marinaio appaiono attraverso l'apertura, scomparendo quasi immediatamente.

Mi avvicino con attenzione e do un'occhiata. Quello è un piccolo spazio dove è alloggiato il motore della barca. Il marinaio deve essere il meccanico e sta rivedendo qualcosa alla luce di una torcia. Ha degli arnesi accanto e canticchia una melodia orientale di tre o quattro note.

Sarà inutile minacciarti con la mia pistola. Anche se è in gioco la sua vita, urlerà come un dannato. Lo tengo a meno di un metro di distanza e non so come ridurlo all'impotenza senza rompere il silenzio.

Sta lavorando accucciato sul motore. Prima o poi ti alzerai per allungare un po' la schiena. Poi sarà il momento di disabilitarlo, ma come?

Un colpo sarà la cosa giusta da fare. Infilo la baionetta e afferro la pesante calibro 45 automatica. Con quella canna di acciaio blu potresti addormentare un rinoceronte. Non credo che il cranio del giallo sia forte la metà di quello di una di quelle bestie.

L'occasione arriva. Il giapponese, continuando a canticchiare la melodia esotica, si raddrizza e fa capolino dal portello. Sfortunatamente, non mi volta le spalle, ma mi guarda. Tuttavia, quando si passa dalla luce all'oscurità, le vostre pupille impiegheranno un po' di tempo per abituarsi, tempo che, invece, non vi concedo.

Gli faccio cadere la pistola sulla testa. Ho messo tutta l'energia di cui sono capace dopo il colpo. C'è un clic orribile e lo guardo cadere sul motore, dove si blocca. Ho schiacciato la parte superiore del suo cranio rasato. Un bel colpo.

Torno al gurkha. Abbiamo solo un nemico a bordo. Dobbiamo pensare a qualcosa per farlo scendere in coperta. Ma, se ci vuole molto tempo, devi cercarlo.

Little Gurkha indica un punto sulla riva. Guardo in quella direzione e vedo emergere alcune piccole luci. Poi alcuni punti di fuoco si illuminano al buio, acquistando e perdendo intensità di volta in volta.

La pattuglia giapponese! Contrariamente a quanto credevo, tornano per passare la notte in barca. E non abbiamo finito il nostro lavoro, tutt'altro.

Devi pensare qualcosa in fretta. Ad esempio, possiamo guadagnare la riva e perderci nella foresta. Ma in tal caso, la nostra situazione rimarrà pessima. Non abbiamo cibo... niente sigarette.

Questo mi decide.

"L'ancora! "Dico al gurkha." Devi issarla.

Corriamo a prua e tiriamo la catena, cercando di non fare rumore.

Il fondo è fangoso e ci siamo riusciti senza difficoltà. Poi la barca inizia ad andare alla deriva, spinta dalla corrente. Quando i giapponesi raggiungeranno il luogo in cui l'hanno lasciato, non lo troveranno lì e dovranno pensare a un modo per scoprire cosa è successo.

Scivoliamo, spinti dalla corrente, a valle; fortunatamente ci siamo avvicinati alla riva.

Cosa sta facendo l'ufficiale giapponese? Forse sta dormendo, nel qual caso sarà necessario cercare di cacciarlo senza perdere tempo.

La barca subisce un violento urto e inizia a virare lentamente; abbiamo toccato un banco di sabbia, ma ne siamo subito liberi senza arenarci.

Poi ci sono grida in giapponese. L'ufficiale ha capito che siamo alla deriva e sta venendo a vedere cosa succede!

Sale attraverso l'apertura del portello con una tale rapidità da coglierci alla sprovvista. Reagisco al momento e tiro il calcio della mia automatica. Lo faccio cadere con un solo colpo e cade in acqua.

“Scendi di sotto, presto! urlo al gurkha.

Ci precipitammo attraverso il portello e perquisimmo le due piccole cabine e la cambusa. Abbiamo trovato armi, munizioni, generi alimentari e, meno male! sigarette in grandi quantità. Cerchiamo delle borse da mare e le riempiamo di quei tesori.

Per quanto riguarda le armi, scelgo solo un piccolo e micidiale mitra e le relative munizioni. Del resto, carichiamo generosamente.

La barca colpisce di nuovo un banco di sabbia o fango e mi fa cadere a faccia in giù. Ma è rimasto immobile, il che ci fa comodo.

Uscimmo sul ponte con due di quei sacchi pieni alla bocca.

Il piccolo Gurkha salta per primo nel fiume. L'acqua gli arriva al collo, ma, con le armi e un sacco in testa, comincia a guadare senza incidenti. Lo seguo, ugualmente carico, e conquistiamo la riva.

Penso che Doris debba aver sentito arrivare la pattuglia giapponese e stia soffrendo terribilmente non sapendo cosa ne è stato di noi. Entrammo nel bosco e camminammo velocemente, seguendo un sentiero parallelo al fiume. Quindi dobbiamo necessariamente passare attraverso il luogo in cui l'abbiamo lasciato.

La notte è così buia che si intravede appena il tronco di un albero a tre passi di distanza; ci scontriamo con cespugli, alcuni spinosi, e lanciamo qualche maledizione di tanto in tanto.

Il gurkha si ferma bruscamente e si scontra con lui.

"Ho ascoltato! Me lo dice in un sussurro.

Gira voce di voci, ovviamente giapponesi, che risuonano alla nostra sinistra. La pattuglia sta cercando la chiatta. Non sembrano molto eccitati. Forse pensano di aver perso la strada, mancando il punto preciso dell'ancora.

Con l'oscurità che regna stanotte, è molto probabile che seguano la riva e non scoprano la barca arenata.

Comunque, noi camminiamo nella direzione opposta e loro non possono, per il momento, sospettare la nostra esistenza.

Riprendiamo la marcia. Non ci sentiamo più freschi, i nostri vestiti sono quasi asciutti e l'esercizio mi fa sudare copiosamente.

È impossibile calcolare la distanza percorsa dalla barca fino a quando non si è arenata. Non dovrebbe essere molto dato che la pattuglia giapponese ci ha raggiunto facilmente, camminando lungo la riva.

Credo che stiamo arrivando al punto in cui abbiamo lasciato Doris.

Esploriamo il terreno e troviamo il punto esatto. Le armi e le borse sono lì, sotto un albero, ma di Doris non c'è traccia.

Prima che io possa pensare un po', c'è un rumore vicino, che mi fa rabbrividire. Vedo un paio di punti di fuoco a distanza ravvicinata e capisco che abbiamo una tigre davanti a noi.

Il gurkha lascia cadere il carico e prende il fucile, pronto a sparare; una cosa del genere non ci sta bene. Una detonazione potrebbe far precipitare i giapponesi in questa direzione e siamo esausti. Lo tengo per un braccio.

"Non sparare! "Ti avverto". Forse se ne andrà senza attaccarci.

Per alcuni attimi di tensione, gli occhi infuocati della bestia rimangono fissi su di noi. Uso il mitra giapponese. Nonostante tutto, dovremo sparare se ci attacca.

Ma quel momento non arriva. Un secondo dopo, gli occhi fosforescenti smettono di brillare davanti a noi e sentiamo il fruscio dei cespugli a contatto con il corpo della tigre, che si allontana da noi.

Che fine ha fatto Doris? Ricordo la presenza della tigre e sento un brivido. Forse è stato mangiato da una di queste bestie, per le quali una persona non è altro che cibo.

“Doris! Chiamo a bassa voce. Poi grido”: Doris!

Una voce straordinaria aleggia nell'aria sopra la mia testa, travolgendomi. È qualcosa come il rumore dei dadi che vengono agitati all'interno della tazza.

Un'ombra scura scivola lungo il tronco. Alzo il mitra e lo abbasso altrettanto velocemente.

è Doris! Ho visto i suoi capelli fluenti. Mi avvicino e vedo che sta tremando. Fu lo scontro dei loro denti che mi fece trasalire.

Mi abbraccia e continua a tremare.

"Vai Vai!" sorrido, anche se sto per urlare anch'io." Noi ci siamo e portiamo tutto, anche le sigarette!

Continua a tremare.

"Pensavo di impazzire", sussurra. Quei rumori della giungla, i ruggiti e gli ululati degli animali selvatici. E gli occhi! Punti luminosi che sono stati fissati su di me. Ho dovuto arrampicarmi sull'albero, anche se non so come ci sono riuscito.

È solo una ragazza. E non sta nemmeno piangendo. Solo un po' spaventato. Questo è tutto. Doris ha un buon legno.

"E' finita", suggerisco. "Ci metteremo a sedere e mangeremo delle conserve preparate per l'Esercito Imperiale. Poi ci prenderemo una sigaretta e ce ne andremo. Quelle gialle registreranno tutto questo non appena sorgerà il sole.

Apriamo alcune lattine con l'aiuto della baionetta. Mi viene in mente che ci sarà ancora sangue giapponese sull'arma, ma questa è guerra e devi passare attraverso tutto.

La carne in scatola non è per niente buona, ma è migliore del riso che abbiamo mangiato ultimamente, anche se secondo me meno delle zampe di cinghiale.

Poi accendiamo qualche sigaretta e ci riposiamo un po'. Chi ha detto che le sigarette giapponesi sono cattive? Un fumatore non fumatore può riceverne alcuni e chiederlo in seguito. Almeno mi sembrano deliziosi.

Guardo il quadrante luminoso del mio orologio. Sono le dodici e trenta. Devi andare per la tua strada.

Dobbiamo mettere qualche miglio tra questo posto e noi.

"Andremo nella giungla", dico a Little Gurkha. Poiché il fiume segue un corso nord-sud, sarà facile per noi ritrovarti in seguito.

"Sì signore" Raramente il piccolo Gurkha ha qualcosa da dire oltre a "Sì signore".

Caricati mentre andiamo, il cammino diventa difficile; Ma non lascerei indietro il contenuto di questi sacchi per tutto l'oro del mondo.

Doris, dopo le emozioni subite, cammina pesantemente. Le metto un braccio intorno alla vita e cerco di aiutarla. Ci siamo allontanati dal fiume risalendo il fianco di una di queste montagne birmane. L'intero paese, da quello che vedo, è pieno di montagne, formando catene formidabili che corrono da nord a sud, il che spiega la direzione dei fiumi.

Continuiamo a camminare fino a passare sul versante opposto. Poi mi sento come se le mie gambe fossero diventate di gomma. Si piegano sotto il mio peso in ogni momento. Doris è quasi esausta; cadrebbe a terra se non fosse per me che lo tengo in mano.

Siamo arrivati in un luogo disseminato di rocce. Tra di loro ci imbattiamo in un corso d'acqua, la cui superficie luccica in modo orribile nella scarsa luce delle stelle che filtra attraverso gli alberi, che lì sono più sottili.

Decido che è ora di campeggiare.

"Restiamo qui", suggerisco.

Metto Doris a terra e lei resta ferma. La sollevo un po' e cerco di togliere le pietre da sotto di lei in modo che possa riposare. Poi deponiamo il carico e, stanchi mortali come siamo, ci corichiamo a dormire come tronchi, senza nemmeno pensare di montare una guardia come la prudenza consiglia.

* * *

Il sole è già molto alto quando mi sveglio. Ci sono pappagalli, o cacatua, dal piumaggio brillante, che ci spiano dai rami. Una famiglia di scimmie strilla e gioca, cercando di osservarci meglio, ma senza osare avvicinarsi troppo.

Doris sta ancora dormendo. Non così il gurkha. È seduto su un'alta roccia e sta guardando. È un soldato nato. Sono sicuro che ha dormito molto meno di me, preoccupato per la questione della sorveglianza.

Sbadiglio forte. Doris apre gli occhi. Siamo ricoperti di polvere e sporcizia, con gambe e braccia graffiate e vestiti strappati; quello che si dice una vera calamità.

"Ma siamo vivi e abbiamo molte cose di cui avevamo bisogno" dico a Doris, anche se non me lo ha chiesto. Come stai questa mattina?

Lei sorride.

Meglio, penso. Ieri mi sono comportato da scemo, ma ora sto bene.

"Sei stato meraviglioso ieri," contraddico. Come ogni giorno. Dai un'occhiata al bagno che abbiamo scoperto.

C'è una fontana qui, tra le rocce. Pochi metri più in basso l'acqua si forma in una conca, formando una vasca naturale dalla trasparenza pulita e cristallina.

"Sarà molto bello fare il bagno" sorride Doris ", ma ci mancano tante cose...

"Un momento! "Ti avverto". Non abbiamo fatto affatto l'escursione di ieri sera. Svuoterò la cornucopia e scommetto che sarà scioccata. Vedi.

Svuoto il sacco che ho tanto faticosamente trasportato. Ci sono munizioni e rifornimenti in esso; ma ho caricato altre cose, sulla barca giapponese.

"Metto le cose davanti a me, sulla roccia, elencandole con orgoglio:

"L'ufficiale al comando della barca era un 'dandy'. Aveva una bottiglia di acqua di colonia quasi piena. Spazzolini nemmeno nuovissimi, ancora nella loro custodia. Crema dopobarba, che spero possa essere di vostro gradimento. Lima per unghie e forbici. Rasoio con lame di ricambio, anche se io no sai cosa me ne farei; i giapponesi di solito non hanno la barba. Potrebbe essere stata l'eccezione che conferma la regola. Uno specchio; con una cornice d'argento, che metto a tua disposizione. Un kimono di seta rossa che sarà piccolo, ma che puoi indossare senza alcun inconveniente. Un anello con diamanti, che metterò al mignolo per conservarlo come ricordo, e un altro con una perla che diventerà subito tua proprietà. Immagino che cambierebbe gli anelli da di tanto in tanto, dato che questi erano nella sua cabina, avremmo dovuto esaminarlo prima di gettarlo in acqua.

Questa osservazione fa perdere il sorriso a Doris.

"E 'stato molto difficile?" domanda.

"Non credo" sorrido. "Siamo vivi, mentre quei nani pascolano coccodrilli a quest'ora. Hanno passato molto peggio; guarda questo: due pettini. Inoltre, questo portasigarette d'oro che sarà per Little Gurkha "Gli lancio addosso e lui lo cattura nell'aria", e un accendino, anch'esso d'oro, che, anch'esso, fa parte del bottino di guerra del nostro coraggioso compagno. Dentifricio e occhio di vetro! L'ho avuto in un bicchiere d'acqua. Era uno -con gli occhi, poveretto, è per questo che ha mandato una barca sul fiume invece di stare con la marina imperiale in una corazzata. Quest'occhio servirà da mio amuleto e lo porterò in tasca finché vivrò. Credi, Doris, penso che ne sia valsa la pena.

Ora arriva il meglio. L'ho tenuto per ultimo apposta. Una scatola di cartone contenente tre bellissime saponette da toilette.

Doris perde di nuovo la sua serietà. Ride allegramente e scarta una delle pillole, la annusa e scuote la testa.

"Sarà il bagno più piacevole della mia vita", dice.

"Sarai incaricato di tenere questi tesori nella tua borsa" ordino, un po' scherzosamente un po' sul serio. Se li perdi, ti arresto.

Doris cerca nelle nostre borse e tira fuori alcuni dei capi di abbigliamento che fortunatamente abbiamo preso dall'aereo. Pantaloncini e magliette dell'esercito, ma non hanno prezzo in queste circostanze.

"Vattene per mezz'ora", dice sorridendo.

"Bene", suppongo, "invierò il gurkha a un nuovo posto di vedetta e starò al suo fianco per proteggerla, se necessario.

"No.

"Ci sono bestie" osservo ", e giapponesi. Ti dirò cosa faremo. Faremo il bagno entrambi nello stesso momento, così potremo strofinarci la schiena a vicenda e saremo puliti come un diamante .

"Parti con il gurkha e non torni qui finché non avrò finito il bagno", mi urla con rabbia comica. Scommetto che le tigri ei giapponesi sono meno pericolosi.

Guardo Doris pensierosa. Lei è, nonostante i suoi vestiti a brandelli, davvero attraente.

"Penso che abbia ragione". Non saremo lontani, comunque. Al termine, annuncia con una voce.

Il gurkha e io ci allontaniamo finché le rocce non sono dietro, formando uno schermo tra noi e la vasca da bagno improvvisata. Accendo una sigaretta e mi siedo per terra, appoggiando la schiena a un tronco d'albero.

VI

"Capitano! La voce del piccolo Gurkha ha uno strano timbro, a me sconosciuto.

Mi alzo in fretta e corro di là, preparando intanto il mitra. C'è una piccola radura, con fondo roccioso, probabilmente lava pietrificata, che scende lungo il pendio nel profondo vallone.

Il gurkha è lì, immobile come una statua. Non sembra esserci alcun pericolo; Allora cosa stai vedendo?

Vado avanti finché non lo raggiungo e lo vedo.

cadaveri

Sikh barbuti, quattordici di loro, e tre ufficiali britannici, morti. Colpo mortale.

Meno uno degli ufficiali britannici. Questo, che giace un po' più in là, è solo un tronco senza testa, sotto il quale c'è un'enorme pozza di sangue secco.

La testa è a circa sette od otto passi dal cadavere.

Stringendo i denti, esamino il cadavere. Presenta un foro di proiettile nella spalla.

La storia è facile da ricostruire. Inoltre, il gurkha ne parla:

"Un guerrigliero; come noi, il resto di un'unità sconfitta dai giapponesi "si ferma e si accende una sigaretta". Sconfitto, ma non sconfitto. Si accamparono vicino all'acqua. Una pattuglia giapponese li scoprì e attese, in agguato, che partissero, formando un gruppo. Hanno sparato loro da dietro gli alberi; caddero tutti morti, tranne il giovane ufficiale, che rimase ferito. Gli hanno tagliato la testa. Ho visto come lo fanno, signore. Un giapponese afferra il condannato, lo fa inginocchiare e gli tira le braccia, spingendo con il ginocchio sulla schiena del prigioniero. Poi un ufficiale gli taglia la testa con la spada. Strana gente, signore. Un esercito dove gli ufficiali fanno il lavoro dei carnefici.

Gente strana, davvero. Non intendo condannare i giapponesi, e nemmeno perseguirli; Voglio solo capirli. Ma questo è fuori dal mio potere al momento.

Penso che la mia gioia oggi sia completamente svanita. Credo anche che sia dovuto al fatto che ho dimenticato, per un momento, che questa è la guerra, la guerra più crudele e mortale della storia dell'umanità; una guerra di razza e di principio come mai prima d'ora.

Quei sette passi dal tronco dell'ufficiale britannico alla sua testa parlano eloquentemente di questo. Lo hanno decapitato. Poi qualcuno ha calciato il maledetto trofeo, aggiungendo l'ultima nota di cosa? Crudeltà? Indifferenza?

"Dobbiamo seppellirli", dico al gurkha.

Annuisce con la testa e posa a terra il fucile.

Ci vorrebbero ore per scavare una fossa per così tante persone. Ma, nel letto roccioso c'è una fessura che può aiutarci. Depositeremo i cadaveri lì e lo copriremo con pietre per impedire alle bestie di dissotterrare i resti.

È curioso che questo non sia già successo. Mi viene l'idea che la strage sia recente, forse è avvenuta ieri pomeriggio. È del tutto possibile che gli eserciti della strage siano i componenti della pattuglia sbarcata dalla chiatta. Se è così, sono parzialmente vendicati.

Iniziamo il compito. Durante questo ho sequestrato uno dei coltelli di questi coraggiosi Sikh. Non sono gli stessi dei Gurkha; hanno solo una curva singola invece di essere doppia. Ma sembrano altrettanto mortali e preferisco che continui a portare la baionetta giapponese.

Il compito di mettere i cadaveri nella cavità della roccia è gravoso, ma coprirlo con pietre è molto peggio. Lavoriamo sodo, tuttavia, e quando Doris ci chiama è finita. Ho raccolto le piastrine di questi soldati da consegnare al mio ritorno in India. Scrivo una nota su un pezzo di carta, con i numeri dei piatti, la metto in una delle mense che portavano i sikh e le depongo nella tomba, coprendola anche di pietre.

I membri della famiglia un giorno potrebbero voler raccogliere questi corpi.

Quando torniamo da Doris, ha finito il bagno. Ha vestito una nuova uniforme e si pettina i capelli.

"Com'è l'acqua? Chiedo, cercando di continuare a sembrare ottimista.

Non devo aver ottenuto l'espressione corretta, dal momento che Doris mi fissa e, a sua volta, mi risponde con un'altra domanda:

"Cosa succede?

"Niente in particolare. Abbiamo trovato i corpi dei soldati britannici e li abbiamo seppelliti.

Scuote la testa tristemente.

"Sarà la nostra fine", dice pensieroso. Muori da qualche parte in questo paese selvaggio.

"Quelle scimmie gialle non lo capiranno," ribattei violentemente. Ridurrò il mio cervello alle dimensioni di un cece, ma troverò la soluzione ai nostri problemi e li porterò tutti in India, anche se mi ci vorranno anni per farlo. È una promessa. Siamo stati sfortunati, perdendo gli altri compagni di squadra, ma noi tre dobbiamo vivere per vedere la sconfitta generale del Mikado e delle sue "scimmie".

Improvvisamente, Doris inizia a ridere. Non so se mettermi a disagio o ridere anch'io, ma sento il gurkha fare una piccola risata.

"Ho detto qualcosa di divertente? Ha chiesto ferocemente.

Una bella battuta "spiega Doris", Mikado e scimmie! Si abbina perfettamente.

Era un gioco di parole involontario, ma ora lo trovo anche divertente.

"Va bene, faremo il bagno noi stessi" Ho in parte recuperato il buonumore. Lascia il posto e fai attenzione a non guardare in questa direzione. Potrebbe essere pericoloso per me.

«È così irresistibile, capitano? Doris sorride.

"Giudicherai tu" rispondo leggermente. Nel mio quartiere mi chiamavano Frankie "il ben fatto".

Doris va dietro le rocce, ridendo di gusto. È un segno magnifico. Finché potremo ridere, anche a metà, avremo metà della battaglia vinta.

mi spoglio per tuffarmi in piscina; non importa quanto io abbia fretta, non posso farlo prima del gurkha. È già in acqua quando entro, sbuffando e svolazzando come un bambino.

Mi sembra ridicolo; poi penso di fare lo stesso, un attimo dopo, e rido di nuovo. Siamo nei guai, nel peggio della nostra vita; ma ci sono momenti che si possono godere appieno. Al diavolo il resto!

Mi do una buona dose di sapone e, uscendo dall'acqua, mi strofino il corpo con il massimo entusiasmo. La schiuma, inizialmente bianca come la neve, diventa di un sudicio color cioccolato. Devi bagnarti di nuovo, darti una nuova mano di sapone e ripetere l'operazione fino a quando la schiuma non perde la sua purezza.

Allora è il momento di prendersi cura delle unghie. Con le forbici ho ritagliato tutte quelle che ho, comprese quelle per i piedi. Il gurkha segue le mie stesse linee guida, tranne che per la rasatura, poiché appartiene a una di quelle razze fortunate che non hanno peli sul viso.

"Hai il coraggio di tagliarmi un po' i capelli, amico? Chiedo a lui.

Mi guarda molto seriamente.

"Oso, signore", dice. E non ti addebiterò nulla per questo.

Cerco di indovinare se sta scherzando, ma il suo viso, sarebbe come al solito, è privo di qualsiasi espressione.

Prendi le forbici e schiarisci i capelli con qualche leggero taglio. Non so come sta andando l'operazione; ma Doris, che è tornata alla fontana, sembra troppo sorridente.

"Prestami lo specchio, per favore" chiedo.

Me lo dà e devo ammettere che il gurkha non poteva guadagnarsi da vivere in un barbiere di lusso. Ma mi ha liberato da fastidiose trecce e, inoltre, ha svolto il lavoro gratuitamente.

Posso, e ho intenzione di vendicarmi.

"Ora farò la parrucchiera" suppongo.

"Non mi taglio i capelli, signore", rispose molto seriamente.

Forse i Gurkha sono una di quelle razze la cui religione non permette a nessuno di toccarsi la testa o qualcosa del genere. Decido di lasciare le cose come stanno e mi metto gli stivali. In un'uniforme pulita, appena lavata e rasata, e anche con l'odore di sapone profumato, mi sento come nuova.

Ora una buona festa sarebbe buona. Qualcosa come aragosta con maionese, ostriche con champagne e forse caviale.

Tuttavia, dovrà essere qualcos'altro, Carne in scatola, giapponese; anche condito con buon appetito, e acqua limpida della sorgente.

"È difficile credere che siamo in un paese occupato dal nemico", osserva Doris ". Sotto un sole splendente, con questo paesaggio tutto intorno, ti senti quasi in pace con il mondo.

È possibile che tutto assomigli a questo. Ma non un'ora fa abbiamo seppellito un gruppo di cadaveri. Non farti prendere in giro. Questa è una guerra feroce e noi ci siamo dentro.

"C'è molta calma nell'ambiente" sorrido.

Spero che duri.

* * *

Quando lasciamo la fontana a metà pomeriggio, non posso fare a meno di girare la testa e contemplare il luogo. È stato un periodo piacevole che abbiamo trascorso qui. Il migliore da quando tutto questo è iniziato. Non tutti i ricordi che conserveremo della nostra avventura saranno cattivi.

Ci siamo diretti verso il pendio di fronte alla valle dove scorre il Chindwin. Seguiamo le tracce aperte da animali selvatici, a media quota. È certo che la barca che abbiamo attaccato la scorsa notte non sarà l'unica nel fiume.

Penso che saremo più al sicuro da questa parte. Non marceremo molto velocemente, ma stiamo coprendo più terreno di quanto inizialmente previsto.

In realtà, oggi sembra di essere in un altro mondo diverso da quello di una volta. C'è, fluttuando nell'aria, un'atmosfera di pace, come ha già osservato Doris.

Questo è fuorviante. Può anche essere pericoloso. Vivere nella giungla birmana per settimane, uccisi dalle nostre stesse forze, sarebbe più che difficile. Considerando le circostanze in cui il paese è occupato per la maggior parte dai giapponesi, le cose vanno molto peggio.

Il gurkha cammina sempre un po' più avanti, attento a ciò che ci circonda, fermandosi di tanto in tanto per ascoltare o per guardare in una certa direzione. È una guida magnifica e un combattente eccezionale. Non parla mai di caldo, stanchezza o simili. È pronto a fare il suo dovere in qualsiasi momento.

Cerco di imitarlo al meglio delle mie capacità. C'è vita dietro il groviglio di alberi che ci circonda. Tuttavia, non si vedono molti animali. Evitano facilmente il nostro incontro, poiché la natura li ha dotati molto meglio degli esseri umani. Ci annusano e ci sentono a grande distanza e si ritirano.

Per questo mi sorprende che una tribù di scimmie ci accorga, urlando come una matta, poi ci scopra e salti, giù per il pendio, di ramo in ramo, come Tarzanes pelosi e minuscoli.

Hanno avuto paura di noi, ma qualcuno li ha spaventati prima. Il sole sta quasi toccando la cima delle montagne che abbiamo alla nostra sinistra, le cui cime sporgono sopra questa attraverso la quale camminiamo.

Il gurkha fa un segno con la mano, un segnale di stop. Ci fermiamo mentre si insinua nella giungla. Dopo pochi passi non lo vediamo più. Aspettiamo in silenzio.

Ritorna dopo pochi minuti, con la stessa cautela con cui è uscito.

"Giapponese" dice.

Una parola, ma che ci riporta alla realtà.

"Quanti?" chiedo.

"Otto, con un ufficiale, sono vicini e vengono dritti verso questo sito.

Non siamo a buon punto. La cresta di questo monte è brulla e vi sono anche radure sottostanti. È uno di quei luoghi della giungla birmana dove grandi masse di lava impediscono alla rigogliosa vegetazione di crescere, lasciando spazi in chiaro.

Cercare di fare marcia indietro, nascondersi al lato del limite degli alberi o cercare di incrociare silenziosamente i percorsi con la colonna giapponese sarebbe disperato. Potrebbero scoprirci e siamo solo due uomini e una donna contro nove soldati giapponesi temprati, maestri di combattimento nella giungla.

Guardo le formazioni rocciose a destra. È come un castello naturale. Può aiutarci, nasconderci e difenderci bene, se capita, anche se le prospettive sono cattive se dobbiamo combattere.

La decisione è mia; le nostre vite dipendono da questo e questo mi provoca un leggero fastidio alla bocca dello stomaco. Peggio ancora, ho solo pochi minuti per prendere questa decisione.

Mi rendo conto che la cosa più disastrosa sarà l'indecisione. Indico il gruppo roccioso.

"Ci nasconderemo lassù", dico.

Il gurkha annuisce con la testa. Doris nemmeno quello.

Camminammo veloci e salimmo verso la cresta. La formazione è alta circa venti piedi e, come vediamo quando raggiungiamo la cima, c'è abbastanza spazio per nascondersi comodamente.

Il problema è che i giapponesi lo registrano. Se passano, andrà tutto bene. spero che lo facciano. Tuttavia, il tramonto è molto vicino. È un buon posto per campeggiare davanti a noi, chiaro, a forma di mezza luna. Se non si fermano qui, la notte cadrà su di loro in mezzo alla giungla.

Questo avrei dovuto pensarci prima, mi rimprovero. Poi, quando guardo di soppiatto il gruppo roccioso, vedo i resti di un falò, dei bastoncini mezzo consumati e un cerchio nero per terra.

Qualcuno l'ha usato come campo in alcune occasioni. Forse questi stessi soldati che stanno arrivando adesso, nel qual caso possiamo contare sul fatto che restino per la notte. Il pensiero non mi rende molto felice.

Focalizzo la mia attenzione sulla giungla; Guardo verso il luogo dove dovrebbero apparire i giapponesi, secondo le informazioni del gurkha.

Ancora qualche minuto e appaiono, appunto.

Dovevano aver fatto una pattuglia tranquilla, perché chiacchieravano animatamente, camminando lentamente dietro al loro ufficiale.

I miei timori sono confermati. L'ufficiale, più piccolo e magro di tutti i suoi uomini, abbaia ordini con voce stridula, gli occhiali luccicanti mentre riflettono gli ultimi raggi del sole al tramonto.

Due uomini corrono agli alberi più vicini e accumulano legna da ardere, tagliando rami con i loro machete. Con questo e qualche manciata di rifiuti avranno abbastanza per passare la notte.

L'ufficiale continua ad abbaiare più ordini. Automaticamente, i soldati svolgono un altro compito che mi incuriosisce. Si misero a scavare una piccola fossa larga circa dieci o dodici pollici della stessa profondità. Poi, a distanza, ne scavano un altro, ma molto più lungo.

Portano piccole pale nei loro zaini, come in qualsiasi esercito, ma il loro uso dovrebbe essere dedicato all'ottenimento di trincee e fosse per tiratori.

D'altronde quei piccoli fossi non servirebbero da riparo né da gatto, men che meno da uomo. Penso a quanto sarebbe ideale se quei ragazzi deponessero le armi e si riunissero in gruppo davanti a noi.

Un paio di granate e mitra li avrebbero presi in un istante, il che mi avrebbe fatto sentire più calmo e al sicuro. Questi soldati combattono da anni in Cina, Manciuria e altrove. Anche se non ci scoprono, possono trovare le nostre tracce nell'accampamento della sorgente e darsi all'inseguimento.

Sì, il pensiero di eliminare la pattuglia giapponese è piacevole dal mio punto di vista. Se solo si presentasse una buona occasione...

Cos'è questo? Stanno deponendo le armi!

Comincio a vedere chiaramente. I giapponesi, come tutti gli esseri viventi nella creazione, sono soggetti a determinati bisogni fisici. Ma nell'esercito giapponese molto disciplinato, anche questo è stato pianificato. Adesso capisco cosa significano quelle trincee molto piccole.

Sono stati di pattuglia nella giungla tutto il giorno; questo è il momento in cui evacueranno i bisogni corporei di cui ho appena parlato, ma lo faranno da persone pulite e disciplinate, dentro i fossi, che poi riempiranno di terra.

In pochi istanti hanno abbassato la cintura, calato i calzoni al ginocchio e si sono accovacciati sui fossi, con le spalle rivolte a noi; l'ufficiale sul più piccolo ei suoi uomini, perfettamente in fila, sul più grande.

Scambio uno sguardo con il gurkha e vedo che i suoi occhi brillano. Un momento migliore di questo non accadrà mai.

Velocemente, tengo in mano quattro granate, passando una corda attraverso gli anelli. Il tempo per inviare i nostri saluti verrà quando sarà iniziata l'operazione di evacuazione delle viscere; così, con il dito dentro l'anello di una delle bombe, aspetto.

Quando vedo che l'operazione è iniziata, tiro la sicura e allungo una mano. Conto tre secondi; poi lancio le quattro bombe. La linea dei giapponesi è così stretta che avrei potuto tirare di più, senza sbagliare, ma preferisco non forzare la fortuna.

Abbassiamo la testa per proteggerci dietro il nostro parapetto naturale e il tremendo suono dell'esplosione.

Il gurkha ed io sbirciamo di nuovo. Ci sono alcune figure sdraiate; gli altri corrono dove hanno lasciato le armi. Ma provare a correre quando, contemporaneamente, devono tirarsi su i pantaloni e tenerli abbassati per non cadere di nuovo è sovrumano.

Il gurkha, con il suo fucile, e io con il mitra, li abbiamo abbattuti facilmente come se fossimo in un tiro a segno. Quando non ne resta uno in piedi, ci scambiamo un sorriso. Questo è qualcosa che non dovremmo mai dire perché è incredibile, ma ci riempirà di soddisfazione per il resto della nostra vita.

Solo Doris rimane distesa in fondo all'incavo, con la testa sulle ginocchia e le mani incrociate sul collo.

Il gurkha ed io siamo saltati fuori dal nascondiglio e siamo corsi verso i resti della pattuglia giapponese. La posizione dei cadaveri non è molto graziosa, davvero. La maggior parte ha pantaloni al ginocchio; Penso che questo compensi l'amaro ricordo lasciato nella mia mente dal gruppo di sikh e britannici che abbiamo seppellito questa mattina, specialmente quello con l'ufficiale decapitato tanto stupidamente quanto crudelmente.

"Quest'uomo è vivo! Il gurkha mi urla.

Lo vedo sporgersi sull'ufficiale giapponese e allo stesso tempo sguainare la sua temibile lama d'acciaio contorta.

"Aspetta! "Ordino.

Mi avvicino anche a lui e verifico che ha ragione. Una di quelle coincidenze che tanto si prodiga nei romanzi è appena capitata ai giapponesi. È stato messo fuori combattimento da un proiettile che gli ha sfiorato il cranio, provocandogli una commozione cerebrale, ma è illeso.

Il gurkha mi guarda interrogativamente. È uno sguardo eloquente; continua con il coltello in mano, pronto a massacrare i giapponesi non appena muovo il dito.

"Portate un paio di cinture" e io indico verso i cadaveri"; gli legheremo le mani dietro la schiena e lo faremo prigioniero.

Il gurkha sembra non aver capito quello che sto dicendo. Il giapponese si muove e ringhia qualcosa. Siamo solo due uomini con una vaga idea di dove vogliamo andare e del percorso che dobbiamo seguire per raggiungerlo. Come faremo a trasportare un prigioniero?

Capisco tutto questo, ma non posso permettermi di uccidere freddamente questo tizio dalla faccia di limone che ci ha causato il problema di non mettere le nostre teste in una posizione migliore in modo che il proiettile potesse passare attraverso il suo cervello giallo.

"Fai quello che dico sergente" abbaio perentoriamente.

Il gurkha, scuotendo la testa da un lato all'altro, obbedisce. Viene fornito con due cinghie di cuoio e, tra noi due, leghiamo i polsi dell'ufficiale dietro la schiena, finendo di tirargli su i pantaloni, allacciandogli la cintura e lasciando tutto in modo che possa camminare.

Una mensa dello stesso giapponese estinto ci aiuta a rianimarlo. Gli verso l'acqua sulla testa. Dato che ora è sulla schiena, tossisce violentemente. Penso che una parte dell'acqua sia entrata nel suo naso che è lo stesso per me, d'altra parte.

Recupera completamente le tue facoltà e apri gli occhi. Mi rendo conto di quanto sia vigile quando vede lo sguardo di odio che mi rivolge. Se tu potessi ucciderti con i tuoi occhi, sarei caduto a terra, un cadavere, in questo momento.

Ad ogni modo, sono molto fiducioso nel pensare che questo ragazzo sia innocuo perché è leggermente ferito e ha le mani legate dietro la schiena.

Mi dimostra il contrario nei prossimi secondi. Allunga le gambe e mi fa una specie di lucchetto che mi butta giù di netto. Poi, prima che io sia per lo stupore, mi afferra per il collo, minacciando di soffocarmi e tenendomi le mani! Solo con le gambe.

Sento un rumore come una grancassa. La pressione sul mio collo si allenta. Un altro di quei rumori vuoti e mi sento libero. Il giapponese si contorce per terra quando mi alzo e controllo l'origine di quei suoni che mi hanno salvato.

Il gurkha gli sta dando molti calci alla schiena che mi fanno rizzare i capelli. Mi strofino il collo dolorante e grido:

"Va bene adesso, sergente!

Lascia perdere la punizione, ma tira fuori il suo coltello.

"L'ho ucciso adesso, sì? "domanda.

Sarebbe la cosa più logica da fare, ma scuoto la testa negativamente.

"Non glielo dico". Legale le caviglie.

Vedo che anche Doris è scesa dal nostro castello roccioso; tuttavia non si avvicina. Questa cosa della guerra è terrificante e capisco che disgusta chiunque.

Ci sono cose da fare, tuttavia. La mia preoccupazione principale è preservare la vita il più a lungo possibile, quindi il resto è secondario. Mi dedico alla perquisizione degli zaini dei soldati.

Ci sono sigarette e lattine di conserve. Colleziono anche bombe a mano e tutto quello che penso possiamo trasportare e che ci può essere utile.

Poi, quando abbiamo finito con tutto, dico al gurkha di slegare i piedi del prigioniero, di mettergli un bavaglio e di fornirmi una buona corda.

Ovviamente non ci sono stringhe lì. Ma coscienziosamente, ha raccolto le cinture dei caduti e con esse ci serviamo a mio piacimento. Ho pensato di legare una cinghia a ciascun braccio e lo prenderemo in mezzo in modo che, tenendo le cinghie, lo avremo alla stessa distanza l'uno dall'altro, impedendogli di usare nessuno dei suoi trucchi circensi.

Si parte quando la notte è completamente chiusa, ma bisogna allontanarsi da quei quartieri.

Sempre diretti a nord, entriamo nella giungla. Facciamo una nuova marcia di due ore e mezza.

Poi, quando non è più il momento di cercare un buon posto per accamparci, ci stendiamo sotto un grande albero. Leghiamo bene i giapponesi e leghiamo le cinghie che tengono le braccia ai nostri polsi. Se fai qualche movimento durante la notte lo noteremo immediatamente.

Siamo così stanchi che non pensiamo nemmeno a cenare. Domani sarà un altro giorno.

Adesso devi dormire.

VII

Mi sveglio di soprassalto. Il mio primo impulso è assicurarmi che il prigioniero sia ancora con noi.

Con il conseguente allarme, verifico di essere solo sotto l'albero, che il giapponese non sia attaccato all'altra estremità del guinzaglio, come dovrebbe essere.

Ma uno sguardo intorno a me mi rassicura. Vedo il gurkha, con il suo solito ghigno feroce, fucile in mano; davanti a lui c'è il nostro prigioniero seduto per terra.

Doris è un po' più avanti, si pettina i suoi bei capelli, ora che ha le provviste necessarie.

È molto presto, appena le sei e mezzo, secondo il mio orologio. Come al solito, ho dormito di più e meglio di tutti gli altri. Suppongo che queste siano legittime prerogative di comando.

"Buongiorno a tutti" sorrise. Vedo che sono ancora mattinieri come sempre. Vado a lavarmi un po'. Poi mangeremo qualcosa e andremo avanti. Come si sono comportati i giapponesi?

Il piccolo Gurkha rimane immobile.

"Ero irrequieto, signore", risponde. Ma si calma molto quando gli viene puntata una pistola.

Il gabinetto a cui accennavo prima consiste nel versare un po' d'acqua della borraccia nel cavo della mano e strofinarsi gli occhi con essa. Non c'è acqua corrente qui.

Ha il vantaggio di impiegare poco tempo. Quando ho finito, Doris sta aprendo delle lattine. Rilascio le mani del nostro prigioniero e gliene do una.

Mangiamo con buon appetito. Anche i giapponesi sembrano affamati, il che è comprensibile considerando che non abbiamo cenato la sera prima.

È allora, quando riprendiamo la marcia, con il prigioniero di nuovo ben legato e imbavagliato, che mi rendo conto chiaramente dell'impaccio che risulta nel portarlo con noi.

Ucciderlo è fuori discussione. So perfettamente che qualsiasi gruppo di comandi l'avrebbe già inviato, ma io non sono un comando; solo un pilota americano che sta percorrendo un centinaio di miglia molto contro la mia volontà.

Quanto a liberarlo, sarebbe come ucciderci. I giapponesi devono sapere dove cercare i loro compatrioti. Quindi avrebbe organizzato una caccia che ci avrebbe finiti in fretta.

È disumano, mostruoso, ma non riesco a smettere di pensare a quanto sarebbe stato conveniente per noi se questo tizio fosse morto quando abbiamo attaccato la sua pattuglia. Un pollice più in basso, e il proiettile che lo ha sloggiato gli avrebbe trapassato il cervello.

Ricevo tutti questi pensieri perché, con mio grande stupore, mi rendo conto che neanche noi caucasici siamo grano pulito, almeno non del tutto.

La foresta ora è così fitta che non possiamo camminare se non facendo continue deviazioni, descrivendo ese tra albero e albero, così che ogni miglio del cammino verso nord ci è costato davvero due o tre.

Per qualche strana ragione mi viene in mente una delle mie letture giovanili: "Il libro della giungla" di Kipling. La flora e la fauna sono sicuramente molto simili a quelle dell'India.

"Attento! "Il grido del gurkha mi riporta alla realtà.

Brando il mitra, ma il pericolo che ci annuncia non potrebbe essere coniugato ai proiettili, se fosse scatenato. Si tratta di nidi di vespe che si trovano su un boschetto, vicino alla pista che seguiamo. Sono rotondi e allungati, come palloni da rugby.

Ho una strana idea. Forse questi pericolosi insetti possono esserci utili.

"Vieni qui, sergente", ordinò al gurkha.

Mi incontra e gli indico i nidi di calabroni.

"Abbiamo macutos provvisti di chiusura a zip" osservo. Se lo facciamo in modo pulito, possiamo mettere quei nidi di calabroni in due di essi e chiuderli velocemente, portando con noi gli sciami.

Il volto del gurkha è una vera poesia. Non dubito che gli piaccia, ma so anche che mi considera un po' matto. Tuttavia, come al solito, concorda:

"Si signore.

Affidiamo a Doris la sorveglianza del prigioniero e ci mettiamo al lavoro. Metto la borsa sotto uno dei nidi di calabroni. Il gurkha lo afferra e lo spinge dentro con la velocità della luce. Poi, con uno scatto deciso, chiudo la cerniera.

"Eccellente! "Commento." Nessuno sfuggì.

Procediamo ad affrontare il secondo con la stessa destrezza, ma con meno fortuna. Tre o quattro vespe saltano fuori dal sacco prima che si chiuda e pungolano a piacimento finché non le schiaffeggiamo a morte.

Il gurkha è stato fortunato. Quasi tutte le beccate venivano portate sulle gambe. Mi hanno dato le loro gambe e braccia; ma uno di loro, il dannato, scelse il mio naso come bersaglio. Al tatto sento che sta assumendo una dimensione allarmante.

Devo avere una faccia orribile. Doris ride e anche il prigioniero sembra stupito. Forse dovrei chiedere a Doris lo specchietto per controllare personalmente il prescelto dal pungiglione, ma decido di non farlo. Meglio lasciarlo. Dopotutto, questo è temporaneo.

Riprendiamo la nostra marcia e ciò che temevo sorge. Il gurkha è troppo disciplinato per fare la domanda, ma Doris chiede:

«Perché vuoi quelle vespe, capitano?

mi tocco il naso. È ancora più gonfio dell'ultima volta che l'ho riconosciuto.

"È difficile da spiegare" rispondo. Ho solo pensato che ci possono essere utili in qualche occasione. Per questo li ho catturati.

"Vale a dire, non hai idea per cosa li utilizzerai.

"Qualcosa del genere.

Doris alza le spalle in modo espressivo. Cerco di immaginare cosa avrei pensato se avessi visto qualcun altro eseguire la manovra; Poi scarto il pensiero perché

Mi accorgo poi che il percorso che stiamo seguendo non mi fa vedere il sole camminare da destra a sinistra, il che ci fa sospettare che non stiamo seguendo esattamente la rotta nord. Devi orientarti di nuovo.

Allontanarsi dal Chindwin sarebbe stata una catastrofe. Lui è la nostra vera guida.

Ordino in alto e salgo su un albero. Dal vetro contemplo il paesaggio; le montagne curvano leggermente verso nord-ovest. Dobbiamo andare al pendio a sinistra e camminare, come abbiamo fatto prima, in vista del fiume.

* * *

Cinque ore di duro cammino ci sono costate per andare sull'altra pista, ma ora:

"Eccolo" dico.

Il Chindwin brilla alla luce del sole. Esploro il ruscello giallastro con il mio binocolo e vedo che dovremo stare più attenti che mai. Per il centro, a monte, naviga una barca con la bandiera del sol levante sull'albero di poppa.

È certo che da queste parti ci saranno delle pattuglie; C'erano anche loro dall'altra parte della catena montuosa, se è quello che vogliamo fare. Lo svantaggio di tutto questo è che non riesco a calcolare il percorso che abbiamo percorso in tutti questi giorni. Sono stati giorni così irregolari in direzione e durata che non c'è modo di tradurre il nostro sforzo in miglia.

La principale misura precauzionale è il gurkha, che fungerà da scout. Lo seguo con il prigioniero e la marcia viene chiusa da Doris.

Sto pensando di fermarmi a mangiare e riposare. È già l'una passata e fa molto caldo. Affretto il passo per avvertire il gurkha quando appare, spronato da una minacciosa fretta.

Mi sorprende soprattutto che mi venga così vicino. Avvicina la bocca al mio orecchio e dice, con una voce bassa che capisco appena:

"Giapponese, signore! Una pattuglia di dodici uomini.

Lo guardo interrogativamente. Di cosa si tratta tanto mistero? Il gurkha scuote la testa.

"Quell'uomo capisce l'inglese, signore", chiarisce.

Può benissimo essere. Per il momento devi nasconderti e stare fermo.

Rileviamo una fitta boscaglia composta da piante di vario genere e ci tuffiamo, spingendo avanti il nostro prigioniero. Una volta nascosto, teniamo i suoi piedi e fissiamo il bavaglio, per essere sicuri che non possa emettere nemmeno il minimo rumore.

Inoltre, il gurkha estrae il suo lungo coltello e si prepara a stroncare sul nascere ogni tentativo di denunciare la nostra presenza.

Vedo che Doris è molto pallida. Le prendo la mano e sorrido, anche se non sono calmo come sembro. Finora siamo stati molto fortunati; il calcolo delle probabilità dice che non può durare per sempre. Ogni passo che faremo verso nord sarà più pericoloso.

Immagino che abbiamo lasciato qualche traccia e che i giapponesi stiano cercando di interpretarla a modo loro: quell'assalto alla chiatta e alle pattuglie che abbiamo distrutto li avrà incuriositi.

Perché il gruppo di soldati che vediamo ora è molto diverso dai precedenti. Non camminano con sicurezza, chiacchierando allegramente, come da un paese conquistato.

Li vedo passare lì davanti, negli avvallamenti della macchia che ci nasconde. Camminano in silenzio, scrutando il terreno, distesi in una lunga fila.

Vedo che alcuni, con la baionetta infilata, si avvicineranno pericolosamente al luogo che funge da nascondiglio. Verifico con apprensione che perquisiscano i cespugli che sembrano loro sospetti; vi entrano, separando i rami con le loro baionette. Sento un sudore freddo, nonostante il caldo.

Se potessi trovare un modo per portarli via da qui, penso; ma questo non rientra nei miei mezzi.

Ho accidentalmente messo la mano su una delle borse; Sento il ronzio delle vespe furenti dentro e sento la speranza rinascere nel mio petto.

Abbiamo tre coperte, che usiamo per il campeggio di notte.

"Doris, apri le coperte! "Ordino in un sussurro." Tu e il sergente scendete accanto al prigioniero e mettetevi al riparo con due di loro, senza lasciare alcuna parte del suo corpo all'esterno. Lascerò cadere uno degli sciami.

Li aiuto nell'operazione. Quando li vedo ben coperti, prendo la coperta rimasta e faccio un passo avanti per avvicinarmi alla piccola radura davanti a noi e attraverso la quale stanno annusando alcuni giapponesi.

Mi copro, a mia volta, e prendo la borsa. Quindi, con attenzione, tiro la cerniera, facendo attenzione che i bordi della cerniera non si separino.

do un'occhiata. La terrina è in sospeso. Siamo sul fianco di una montagna e la rampa è ripida. Aspetto che i giapponesi siano più vicini.

Poi prendo la cartella per il fondo e la scuoto energicamente, buttando fuori l'enorme vespaio. Nascondo velocemente la testa e la mano sotto la coperta, ma non posso evitare qualche puntura, quindi maledico mentalmente tutte le vespe del mondo.

Non succede nulla per pochi secondi. Vorrei vedere se il vespaio è rotolato nella giusta direzione o si è fermato, colpendo qualche cespuglio.

Ma sarebbe pazzesco. Uno sciame di vespe è una cosa pericolosa.

Aspetto, senza sentire nulla, che arrivi quello che mi aspettavo; un suono profondo e vibrante, prodotto dalle ali di centinaia di vespe tropicali.

Quasi subito iniziano le urla di terrore tra i soldati giapponesi; c'è rumore di corse, i lamenti crescono di tono e di quantità e anche i colpi vengono sparati da quei disgraziati. Le vespe sono furiose dopo il confino che hanno subito e si vendicano.

Poi, rapidamente, il clamore dei giapponesi e il ronzio delle vespe si perdono in lontananza. Sollevo un po' la coperta, controllando che non ci sia pericolo di giapponesi o vespe in giro.

"Su tutti! "Urlo, uscendo nella radura." Dobbiamo sbrigarci.

I miei compagni, conducendo avanti il prigioniero, si uniscono a me e continuiamo la marcia.

"Sei diabolicamente intelligente" sorride Doris ". Come ti è venuta un'idea del genere?

"Ricordando un vecchio libro di Kipling" rispondo. Nel libro, un ragazzo di nome Mowgli si sbarazza dei suoi nemici con questo trucco. Lo stavo ricordando stamattina quando ci siamo imbattuti nei nidi di calabroni.

* * *

Abbiamo camminato tutto il giorno, con solo mezz'ora di pausa per mangiare qualcosa, alle tre del pomeriggio. Sono le sette e manca poco più di un'ora al tramonto.

Devi trovare un buon posto per campeggiare. Rallentiamo e cerchiamo qualcosa che sia adatto a noi. Non siamo troppo fortunati. La giungla è molto fitta da queste parti e dobbiamo stare tra gli alberi.

Abbiamo subito una grave battuta d'arresto: l'unico apriscatole che avevamo è andato perduto, bottino sottratto a una delle pattuglie giapponesi. Ovviamente possiamo continuare ad aprire le lattine con i coltelli, ma sono stato molto incoraggiato a farlo in modo civile.

Quando finiamo di cenare ci prepariamo per la notte. Il prigioniero si è comportato bene ultimamente, ma diffido di lui. Vorrei parlare di qualcosa che ci liberi dalla sua fastidiosa presenza, senza ucciderlo o lasciare che la sua libertà rappresenti un ulteriore pericolo per la nostra presenza in questi luoghi.

Ricordo l'osservazione che il gurkha fece su di lui. Hai qualche ragione per presumere che i giapponesi capiscano l'inglese. Devo smettere di pensare di più a questa faccenda. Ho già troppi mal di testa per preoccuparmi di queste minuzie.

Il sole sta tramontando. C'è una quiete nell'ambiente a quest'ora del giorno che mi è molto familiare. Ma non mi diverto. Penso che l'impazienza si stia impossessando di me. È un brutto sintomo.

Accendo una sigaretta e vado a fare una passeggiata per calmare i nervi. Il gurkha è seduto, fuma anche lui, e Doris, che sta mangiando lentamente, finisce con la sua scatola di carne giapponese.

Il prigioniero, invece, con i piedi legati, ma senza mani, non ha ancora toccato i suoi.

Improvvisamente si rivolge al gurkha e dice, in un inglese corretto:

"Prestami il tuo coltello, per favore.

Questo mi sorprende più che se avessi sentito ruggire una tigre. In cosa è tratteggiato il giallo?

Decido di non intervenire. Il gurkha, senza rispondere, estrae la sua rivoltella dalla fondina e poi vi getta dentro il coltello ricurvo.

Ho qualcosa come la chiaroveggenza in questo momento. Vedo chiaramente che il gurkha crede di avere in mano la soluzione di questa imbarazzante compagnia. Se il prigioniero prova qualche trucco, sparerà. Ma penso che i giapponesi non pensino di farci del male. Ha semplicemente raggiunto il limite della sua resistenza.

Passa un dito sulla lama affilata per assicurarti che il taglio sia affilato.

Poi, senza un attimo di esitazione, si infila l'arma nel ventre e tira su la maniglia. Doris urla e va dove sono io.

Il gurkha recupera il suo coltello, lo pulisce dal sangue dai vestiti del giapponese e lo mette via in silenzio. Per lui è una cosa finita.

"Usciremo di qui", suggerisco. "Abbiamo ancora mezz'ora di luce.

Raccogliamo l'equipaggiamento e lasciamo alle spalle il cadavere dello sfortunato giapponese.

"Perché faranno queste cose orribili? chiede Doris.

"Hara-kiri" è un'usanza nazionale, "lo spiego". Ha qualcosa a che fare con l'onore, ma non riesco a spiegare esattamente perché. Penso che qualcosa non vada nelle loro teste.

* * *

Quattro giorni dopo, che sono trascorsi senza incidenti, ci hanno fatto fare molta strada, credo.

Siamo appena partiti e fa un caldo tremendo. Siamo a corto di acqua e dovremo rinnovare la fornitura oggi.

Lo facciamo un paio di miglia più in alto, davanti a una superba formazione rocciosa che ci sbarra la strada. C'è una piccola fontana e l'acqua è limpida e relativamente fresca. Beviamo e riempiamo le nostre borracce, ma non ci fermiamo a lungo. Devi aggirare le scogliere rocciose e continuare per la tua strada.

Abbiamo camminato con cautela sul pavimento lavico, privo di vegetazione; è un sollievo per gli occhi avere davanti a noi un terreno sgombro. Tengo a mente, tuttavia, che è un percorso pericoloso. Voglio che arriviamo nella giungla il prima possibile, che continua, suppongo, un po' più avanti.

Scendiamo il pendio e stiamo per finire l'attraversamento del passaggio roccioso, quando vedo qualcosa in lontananza, in basso, dall'altra parte del fiume.

Una città. Una città relativamente grande.

Lascio cadere la cartella, lo zaino e accendo una sigaretta, mentre i miei compagni mi raggiungono.

"Sittaung in vista" spiego. "Non pensavo che ce l'avremmo mai fatta, ma è così!

Dose mi guarda seriamente.

"Il pericolo è passato?" domanda.

"Il pericolo finirà quando entreremo nel nostro; ma a venti miglia da Sittaung c'è un'altra città, Tamu, lungo il confine, a lato della strada che porta a Imphal. Non so se Tamu sia caduto in mano ai giapponesi; ma la prima linea è lì, probabilmente a meno di cento miglia da dove siamo noi. Dobbiamo attraversare il fiume non appena fa buio. Per questo abbiamo bisogno di un mezzo ed è quello che cercheremo.

Osservo il panorama ancora per qualche istante. Allora propongo di far cadere tutto il peso inutile.

"Conserveremo le armi e alcune cartucce" espongo. "Cibo per dieci giorni e sigarette. Tutto il resto lasceremo cadere.

Ci alleggeriamo al momento. È un peccato lasciare cose che ci sono state così utili, ma dobbiamo conservare la forza sopra ogni cosa. Questo piccolo terreno che dobbiamo percorrere è il più pericoloso e tutte le precauzioni saranno poche.

Scendiamo velocemente il pendio fino in prossimità del fiume. Non usciamo allo scoperto. Scivoliamo silenziosi attraverso la giungla, alla ricerca di una barca; ma sembra che non ci sia possibilità di trovarne, finché non avvistiamo un altro villaggio nativo.

Tenemmo allora un piccolo consiglio di guerra.

"Anche se gli indigeni sono amici", spiego, "penso che sia prudente che non ci vedano.

Alcuni birmani sono dalla parte dei giapponesi" chiarisce il Gurkha. La mia unità è stata persa principalmente a causa di questa causa. Le guide birmane sono state quelle che hanno portato i giapponesi ad incontrarci.

Questo decide la domanda.

"Questa gente deve possedere delle barche" osservo "; pescherà nel fiume, immagino. Dobbiamo individuarne una e prenderla non appena fa buio per fare la traversata di notte.

"Mi arrampicherò sull'albero più alto che riesco a trovare, capitano", suggerisce il gurkha. "Prendo il tuo binocolo.

Glieli do e, in pochi istanti, si arrampica come una scimmia sul tronco di un gigante della giungla. Si perde nel fogliame del bicchiere e ci sediamo sotto.

Offro una sigaretta a Doris e fumiamo piano.

"Qual è la situazione, capitano?" mi chiede.

La guardo sorridendo.

"Direi che siamo amiche, Doris" affermo.

"Uno dei migliori" risponde ridendo. "Cosa c'entra questo adesso?

"Sai solo che mi piacerebbe essere chiamato qualcos'altro oltre a 'capitano'. I miei amici mi chiamano Frank.

"Va bene, Frank. Rispondi alla mia domanda.

"La situazione non può essere migliore. Abbiamo attraversato trecento miglia di territorio occupato dal nemico e siamo in vista della meta. Avremo difficoltà, questo è certo. Qui c'è la prima linea. C'è un esercito giapponese, completo, invece di pattuglie come abbiamo scoperto. Come attraverseremo quella linea e arriveremo in India è qualcosa che non so completamente. Ma ripeto quello che ho detto una volta: in un modo o nell'altro ci arriveremo. Lo so.

Le foglie cadono su di me e alzo la testa. Il gurkha sta discendendo. Ci alziamo in piedi e lo aspettiamo, pieni di trepidazione.

Quando raggiunge il fondo ha un leggero sorriso sulle labbra.

"Ci sono barche", dice, "sulla riva, vicino alla città. Sarà facile prenderne una.

Guardo trionfante Doris. Andrà tutto bene, lo sento dentro di me.

VIII

Questo attraversamento del fiume è fantastico. Non abbiamo incontrato difficoltà nel sequestrare una barca o nel maneggiarla, attraverso la corrente.

Raggiungemmo velocemente l'altra sponda e lasciammo la barca alla deriva, entrando subito nella giungla. È un breve tragitto che dobbiamo fare per raggiungere Tamu.

Di tutti i giorni interminabili che abbiamo attraversato la giungla birmana, oggi è il più gioioso e pieno di speranza perché la meta è vicina.

Circa due ore dopo ci fermiamo in cima a una collina. C'è un piccolo fiume ai nostri piedi e, lampeggiando nella notte, una serie di punti luminosi. Le luci di Tamu.

La falce di luna bagna appena il paesaggio, schiarendo un po' le ombre. Ci basta però intravedere il lembo tortuoso di una strada.

C'è movimento in esso. Attacco il binocolo e vedo che è molto diverso dal terreno che ci siamo lasciati alle spalle. Distinguo i camion da trasporto militare, carichi di materiale e truppe, diretti verso la linea di fuoco.

Improvvisamente il terreno davanti a noi si illumina di enormi lampi arancioni, a intermittenza, e profondi ruggiti di artiglieria giungono alle nostre orecchie.

"Mio Dio! riflette Doris.

Stringo forte i denti. È il grosso dell'esercito giapponese che ci aspetta. Ci vorrebbe un insetto per passare le sue linee senza essere visto. Mi sento scoraggiato e, per la prima volta in tutti questi giorni, capisco le enormi difficoltà della nostra azienda.

Ci siamo seduti sotto un albero e abbiamo guardato la sparatoria. Le batterie britanniche lontane stanno rispondendo energicamente. Gli obici arrivano ed esplodono, prendendo di mira i cannoni giapponesi. D'altra parte, ci sono i raid aerei.

Non possiamo vedere i dispositivi, ma possiamo sentirli arrivare e lasciare cadere il loro carico di morte nell'oscurità, poiché le luci di Tamu sono state spente. La città sarà in mani giapponesi o britanniche?

Sembra che a questo punto si stia svolgendo una battaglia lunga e sanguinosa. Siamo arrivati qui in un momento di riposo, ma ora possiamo vedere la terribile grandezza dello spettacolo mortale.

Da parte mia, non riesco a capire come abbiamo potuto attraversare il fiume e arrivare dove siamo. Da questa collina puoi vedere che la regione è in fermento con i giapponesi. Sembra che gli inglesi in ritirata stessero trattenendo l'avanzata giapponese e che grandi masse di truppe imperiali venissero trasportate in questo settore.

La situazione è questa: la strada è tagliata avanti. Un altro passo sarebbe quello di arrivare tra le unità giapponesi. Invece, tornare indietro, se possibile, non avrebbe senso. Anche se fosse possibile, cosa diavolo avremmo fatto tornando nella giungla birmana?

Capisco anche che non appena sorgerà la luce del giorno saremo in pericolo di vita e sto disperatamente pensando di trovare una soluzione. Almeno dovremmo fare qualcosa immediatamente.

"Stiamo andando a riconoscere questa collina" propongo ai miei compagni". Forse troveremo un posto dove nasconderci per un momento.

Lo prendono molto sul serio. Per tutto questo tempo si sono fidati di me e continuano a farlo. Il problema sarà rimanere degni di questa fiducia.

Immagino che i miei nervi stiano cedendo. Mentre saliamo su questa collina, sento che la sicurezza che ho avuto finora mi abbandona.

I pensieri che mi attraversano il cervello diventano più neri, finché Little Gurkha alza la mano e ci fermiamo. Davanti a noi, in basso, in pianura, circondato da terreni agricoli, c'è un edificio imponente per le sue dimensioni.

"Un palazzo", osserva Doris.

"Un monastero buddista", correggo.

Il gurkha ha una sigaretta in bocca. Tuttavia, non ha osato accenderlo. Questo è quello che è. Non possiamo nemmeno fumare tranquillamente.

"Andremo al monastero" suggerisco. "Chiederemo ospitalità e penseremo a qualcosa una volta dentro.

"Saranno persone amichevoli? La domanda di Doris ha un grande significato.

"Lo sapremo quando andremo," rispondo deciso.

Lasciammo la collina e ci avvicinammo al monastero, temendo costantemente di imbatterci in una pattuglia giapponese. Questo non accade; Arrivammo all'enorme portone inchiodato e io bussai colpendo il legno con il calcio del mitra.

Il suono è vuoto, impressionante. Abbiamo aspettato diversi minuti, pieni di un'ansia che abbiamo cercato di nascondere. Potrebbe essere il caso che sia vuoto. O servire come alloggio per un'unità giapponese.

Si apre una finestra sulla porta e un viso asiatico ci guarda senza il minimo segno di stupore.

Ho un'idea in quel preciso momento. Tiro fuori il portafoglio dalla tasca e tiro fuori un biglietto da visita. Dice: "Frank Latimer, ingegnere aeronautico, New York, NY" Una carta in tempo di pace. Lo do al portiere (immagino che lo sarà) e la finestra si richiude.

Dopo un'altra attesa tesa, la porta cigola e comincia ad aprirsi. Siamo ammessi!

Noi entriamo. Vedo già le cose con più ottimismo, un po' prematuramente, senza dubbio.

La porta si chiude di nuovo. Questo è buio pesto.

La voce dell'uomo che ci ha ammesso suona per la prima volta, in un inglese molto difettoso.

"Il monastero è un luogo di pace", dice. Devono lasciare qui le loro armi.

Potrebbe essere una trappola. Forse i giapponesi vogliono che catturiamo senza dover combattere. Ma, nonostante tutto, ho fiducia in questi buddisti, persone che non sono nemmeno autorizzate dalla loro religione ad uccidere un uccello.

"Cosa ne pensi, Doris?" Chiedo.

"Non posso consigliare, Frankie" risponde.

"Tu, sergente?

"La decisione non è mia" è una risposta gentile ma ferma.

"Beh, deporremo le armi" decido.

Ci stacchiamo da loro, coltelli compresi, e ci incamminiamo dietro alla nostra guida. Saliamo alcune scale di pietra e attraversiamo infiniti corridoi.

Infine, la guida si ferma davanti a una porta aperta. Una debole luce esce dall'interno della stanza.

"Possono succedere" ci dice.

Si inchina e scompare silenziosamente lungo il corridoio.

faccio spallucce. Prendo Doris per un braccio ed entriamo, seguiti dal coraggioso gurkha.

La stanza è ampia, dalle pareti nude, con al centro un tappeto sul quale è seduto un uomo all'orientale. L'illuminazione è fornita da una semplice candela, accesa in un semplice candelabro di metallo.

"Bentornato" l'inglese di quest'uomo è perfetto. " Perfavore siediti.

Ci siamo seduti di fronte a lui. Speriamo che ci dica di più.

"Io sono il capo di questa comunità", continua. Tu cerchi ospitalità e io te la offro, ma non te lo posso assicurare. Finora, i giapponesi non ci hanno disturbato. Tuttavia, le cose possono variare. In altre parole, non sarà salutare per te o per noi restare qui a tempo indeterminato.

Annuisco.

"Capisco" lo ammetto. "Ti ringrazio comunque. Puoi fornirci qualche resoconto?

Chieda, signore.

"Quanto distano le linee britanniche?"

«Circa quindici miglia ieri.

"Che possibilità avremmo di raggiungerli?

Scuoti la testa in modo negativo.

"Dai, nessuno. Ci sono migliaia di giapponesi" spiega.

"Camminando? "Chiedo, incuriosito." In quale altro modo potresti provare?

Il monaco buddista mi fissa, un po' perplesso.

"Volare" dice.

"Ma non abbiamo un aereo.

"Fai da te" è l'invito sorprendente.

"Fare un aereo? "Lo dico con lo stupore riflesso sui miei lineamenti.

È come sentirsi chiedere di deporre un uovo.

"Sei un ingegnere aeronautico. La tua carta dice così. I fratelli Wright non lo erano. Volevano volare, poi hanno fatto un aeroplano e hanno volato. Penso che sia un suggerimento logico.

Perchè no? Forse si potrebbe tentare, ma... ci sono troppe cose impossibili in un tale piano. La cosa brutta è che Doris e il gurkha mi guardano con un'espressione che non mi piace. Sembra che credano che io possa risolvere tutto.

"Avremmo bisogno di un motore potente", ha indicato.

"Non è impossibile ottenerne uno" sorride il monaco.

"Più tardi, avresti bisogno di strumenti.

«Forse possiamo prestartene un po'.

"E stoffa, colla, fili, benzina, un posto dove lavorare e un altro da cui decollare?

"È possibile, tutto è possibile purché lo si desideri con sufficiente intensità" sorride il monaco.

Desiderare?

"La nostra più fervida aspirazione è raggiungere le linee britanniche, che è la cosa più vera che c'è sotto il sole", rispose con calore.

"Allora" ci dice il nostro ospite, "lo prenderanno. Domani parleremo con più calma di tutto questo. Ora riposa.

Si alza e si inchina a noi. Scompare in silenzio, chiudendo la porta quando esce dalla stanza.

"Bene" dice Doris ", ora che tutto è sistemato, penso che andrò a dormire sonni tranquilli per la prima volta dopo tanto tempo.

sto per gemere. Cosa è risolto? Dov'è l'aereo che ci porterà via da qui? Come lo costruirò e con cosa?

Non mi sembra di andare a dormire, almeno non facilmente.

* * *

Il capo della comunità monastica buddista sembra convinto che tutto stia filando liscio. Mi ha condotto nel grande cortile. È enormemente lungo, più di seicento metri, credo.

"Possono decollare da qui. Le pareti, alte appena un metro e ottanta, non saranno un ostacolo", spiega.

Perfetto, ma con cosa decolliamo?

Poi mi porta a una porta molto ampia che si apre sul patio. Lo chiude a chiave e mi mostra qualcosa che non mi aspettavo di trovare. È un'auto, una 'Rolls' vecchio stile, ma a quanto pare ben conservata.

"Il motore e molte parti utilizzabili" sorride il mio compagno.

Salgo in macchina e lo accendo. Almeno il motore funziona. Con le ruote, si potrebbe realizzare un carrello di atterraggio e ci sono parecchi bulloni e accessori nel resto del corpo che farebbero il trucco.

"A quel tavolo" continua il mio gentile ospite, "c'è della carta per fare i suoi calcoli. La lascio in pace, signor Latimer.

Se ne va e io comincio a pensare. Questa è un'azienda pazza. Supponendo che tu sia in grado di costruire l'aereo, dovrai saltare in aria senza testarlo. E anche di notte. Come farò a volare di notte senza strumenti? Soprattutto, sarò in grado di costruire qualcosa che possa volare?

Mi siedo al tavolino, tiro fuori dalla tasca il righello calcolatore e comincio a lavorare al piano. Dovrà essere un semplice congegno, un monoplano simile a quelli che cominciarono a solcare i cieli, molto bassi, tra l'altro, all'inizio del secolo.

Di tutti i primi modelli di aeroplani che potevo ricordare, scelsi il "Bleriot XI"; fu il primo aereo con cui i francesi volarono nella guerra dei quattordici, un classico dell'aria. Rettilineo, con struttura quadrata in legno e rivestito in tessuto, sembrava quanto di meglio si potesse tentare nelle circostanze attuali.

Ma c'era un terribile ostacolo. Il peso del motore della «Rolls» e quello di un asse e delle due ruote dell'auto non potrebbero mai essere elevati in aria da un simile dispositivo.

Poi mi è venuto in mente che potevo fare a meno delle ruote. Costruirei una specie di pattini da slitta che mi aiutassero ad atterrare. Le ruote non sarebbero fissate al dispositivo, ma si appoggerebbero su di esse. Un paio di fori nei pattini e nell'asse, con un perno allentato, farebbero il trucco. Quando sollevato, l'apparecchio metterebbe a terra le ruote.

Devi metterti al lavoro seriamente. Lascio i "Rolls" e vado a concretizzare le cose con i miei colleghi. Doris e il gurkha saranno i miei assistenti e bisognerà vedere se mi porteranno i fili, la stoffa e la legna di cui ho bisogno.

* * *

Non c'è molto tempo da perdere. Gli inglesi fanno marcia indietro. So che l'avanzata giapponese finirà uno di questi giorni e che gli alleati li faranno fuggire in direzione di Tokyo, ma questo appartiene al futuro. Al momento, non aspettarti di volare molto con la cosa che sto costruendo.

Sono informato che le linee britanniche sono già a una quarantina di miglia da Tamu. È già abbastanza lontana.

È la costruzione degli alettoni, dell'elevatore e dei timoni che mi dà più lavoro. I cavi che mi sono stati forniti al monastero hanno origini molto diverse e non ci si può fidare.

Invece il legno dei telai è stato sostituito, con vantaggio credo, dal bambù, più resistente e più facile da montare.

Guardo Doris.

"Questo sta andando" dico.

"Ci crederò quando lo vedrò" sorride. "Questo" volerà davvero?

Rido, un po' forzato, e annuisco.

"Non sarei minimamente sorpreso", ammetto. "

Il gurkha, invece, si sta rivelando un abile lavoratore; capisce rapidamente ciò che viene detto e ha buone mani.

Non esprime i suoi dubbi. Forse non ne ha. Se dico che l'artefatto volerà, darlo per scontato.

La struttura è quasi terminata. Il tessuto ha ricevuto uno strato di colla che servirà da vernice, per dargli consistenza e prevenirne la rottura.

Sono impegnato a fare l'elica. È un lavoro delicato, ma secondo i miei calcoli dovrà funzionare bene. Anche dal legno ho ricavato una puleggia. L'ho adattato all'albero della ventola per dargli un diametro maggiore. Così moltiplicherà le rotazioni trasmettendole, tramite una cinghia, all'albero di trasmissione, anch'essa opera mia, prelevata da un cuscinetto che ho potuto tagliare dopo averlo strappato.

Lavoriamo in fretta. Sappiamo che questa situazione non può durare. Ci sono sempre più giapponesi da queste parti, e anche se non me l'ha detto, so che il generoso capo del monastero è preoccupato. Se veniamo scoperti, la fine della comunità è certa.

Per questo abbiamo approfittato di questi giorni dall'alba alla notte. Davvero, tutto il lavoro importante è sul tetto. Resta solo da montare il motore. Di benzina ce ne sono quasi cento litri, stoccati in taniche, quanto basta e molto di più per fare un breve viaggio.

Questo mostro volerà? Questo è ciò che mi chiedo costantemente, man mano che la costruzione dell'apparato progredisce.

Il capo della comunità ci incontra. Si chiama Mingim ed è un uomo di notevole cultura.

Guarda il nostro lavoro con ammirazione.

"Meraviglioso", esclama.

Guardo di nuovo il dispositivo. È una cosa orribile, una specie di pterodattilo preistorico, con ali di pipistrello e brutto come un diavolo.

"Dovranno sbrigarsi" continua il nostro amico.

Sento qualcosa di simile alla paura.

"Che novità ci sono? Gli chiedo.

"Gli inglesi sono a circa cento miglia di distanza", risponde sorridendo. "Ma ho ricevuto la visita di alcuni ufficiali giapponesi. Ad altri viene ordinato di ospitare un generale con il suo stato maggiore. Mi è impossibile rifiutare.

"Quando verranno quei signori? "Voglio sapere.

"Domani notte.

"Capisco" rispose. Stanotte sarà il momento.

Doris mi guarda pensierosa e il gurkha smette di funzionare, in attesa di sentire qualcos'altro.

"Temo che tu non abbia più tempo, Capitano" sorride Mingim.

Guardo il mio orologio. Sono le tre. Dovremo sfruttare tutta la luce del giorno per montare il motore, circa cinque o sei ore.

"Bene" sorrido, sforzandomi", il volo sarà oggi. La luna non sorgerà prima delle dodici e mezza di notte. Poi decolleremo.

Andiamo a lavorare con un'attività febbrile. Abbiamo attraversato troppe difficoltà e sofferto troppe paure perché tutto scomparisse ora quando quasi tocchiamo la libertà con le nostre mani.

Abbiamo assemblato il motore, operazione in cui utilizzo tutte le viti che mi erano rimaste dopo aver smontato buona parte della Rolls. Spero che tu possa tenere la macchina in posizione nonostante le vibrazioni.

Prima del tramonto, il lavoro è finito. Abbiamo portato l'aereo fuori dal garage, per il quale è stato necessario allargare la porta, abbattendo parte del muro.

Lo mettiamo in giardino, una vasta distesa di terra con un solo albero in un angolo. Questo per non distrarre i monaci ambulanti dalle loro meditazioni.

È già buio. Dovremo aspettare fino alle dodici e mezzo. Quando la luna sorgerà spero di riuscire a mantenere il contatto visivo con la terra, poiché voleremo bassi.

Esaminerò l'orizzonte nella direzione che seguiremo. Dovrai usare le valli tra le montagne per allontanarti da qui a più di cento miglia. In realtà, ho intenzione di volare il più possibile, per essere sicuro di non cadere nelle linee giapponesi.

Devi riposare ora. Mangia qualcosa, preparati per la più grande avventura della nostra vita. Andiamo a volare in un aeroplano fatto in casa! Tanto basta per spaventare chiunque e, soprattutto, me, che l'ho costruito e progettato e conosco i tanti limiti che deve avere e quanto poco possiamo fidarci dei materiali che abbiamo utilizzato.

* * *

La luna è già in cielo. Il suo viso pallido si è alzato sopra le montagne dietro di noi. C'è abbastanza chiarezza, condizione essenziale per poter volare di notte senza strumenti.

Il pozzetto ha una seduta a panca, nella quale cavalcheremo noi tre, i miei due compagni a cavallo, che occuperanno la parte posteriore. Cinture di sicurezza con funi, legate alla vita e poi alla panca, che d'altronde non so se avrà abbastanza resistenza per sostenere il nostro peso se l'aria ci facesse voltare.

Non trasportiamo bagagli, nemmeno armi. Perdere peso è essenziale; ecco perché il motorino di avviamento e le batterie sono stati omessi. Salutiamo Mingim, una delle poche persone che abbiamo visto qui. Gli altri monaci non hanno voluto disturbare i loro animi trattando con noi.

È un addio breve, ma concitato. Quest'uomo ha reso possibile la nostra fuga quando non avevamo più alcuna speranza.

"Spero che ci rivedremo" sorrido mentre gli stringo la mano.

"Lo spero anch'io" mi dice. Ti auguro buona fortuna.

L'orientale che fa da guardiano della comunità fa girare l'elica, proprio come gli ho detto. Il motore si avvia senza incidenti. Aspetto che si scaldi. Manovro con i pedali di comando e con la leva, lavori grezzi di bambù e filo. Sembrano funzionare in ordine.

Saluto e mi rivolgo ai miei compagni.

"Decollo! "Ti dico". Incrociamo le dita... e continuiamo così finché non arriviamo.

Accelero e l'aereo inizia a planare attraverso il giardino, prendendo velocità. Secondo i miei calcoli, decolleremo a sessanta miglia all'ora, e ottanta o novanta saranno il massimo che possiamo fare.

Accelerare al massimo, fissando le pareti di fronte a noi. La luna li illumina molto bene. Secondo dopo secondo guadagniamo velocità e ci avviciniamo a loro. Con il conseguente allarme mi accorgo che le ali non sembrano prendere abbastanza aria. Potremmo benissimo schiantarci contro quel muro.

Ritiro il joystick. Non succede nulla per un paio di secondi. Le ruote, nonostante l'asse sia allentato, possono esercitare una tale pressione, data la velocità, che il sistema mi permetterà di sollevarmi anche se non funzionano.

Improvvisamente, l'apparato si alza e passiamo oltre il muro minaccioso. Stiamo volando!

La gioia inonda la mia anima, ma non lascio che questa sensazione mi ubriachi. Possiamo volare, ma sarà un tempo molto breve. Il grasso consistente, prelevato dal cambio dei «Rolls», non potrà resistere troppo sull'albero di trasmissione, quando viene riscaldato dalla rotazione.

Con ogni minuto che passa mi rendo conto di quanto sia difficile gestire il mostro che pilota. Non obbediscono ai comandi se non di malavoglia e ringhiando. Mi chiedo se le mie braccia e le mie gambe non si stancheranno troppo velocemente, a causa dell'enorme trazione che devo esercitare per gestirle.

Invece le condizioni di volo sono magnifiche. Stiamo salendo solo poche centinaia di metri. Il terreno, le cime nere degli alberi e i tetti di molte case e capanne sono perfettamente visibili.

Riesco anche a distinguere alcuni tamburi giapponesi. Spero che aprano il fuoco su di noi, ma i cannoni antiaerei giapponesi non lo fanno.

Immagino, con un sorriso, la sorpresa che avranno laggiù quando ci vedranno e, soprattutto, quando ci sentiranno. Non c'è aereo al mondo che suoni allo stesso modo. Li sconcerterà, di sicuro. Questo non è un aereo veloce e moderno, quindi si asterranno dal sparare contro di noi per paura di sbagliare.

Le mie braccia sono pesanti come il piombo. Questo non è pilotare un aereo, ma combatterlo. Dirigo una valle tra due montagne, sempre a ovest, e alziamo gli echi della notte. C'è una tregua, a quanto pare, tra i combattenti laggiù. Non vediamo spari di cannoni o nessun tipo di attività bellica.

Qualcosa sta iniziando a schizzarmi in faccia. L'odore di benzina mi arriva al naso. Il serbatoio, uno dei serbatoi dei «Rolls», l'ho montato sul cofano del dispositivo. Deve avere una via di fuga. E significa due cose, principalmente. Che possiamo perdere un sacco di benzina ed essere costretti a fare un atterraggio duro, per prima cosa. D'altro canto, indica che c'è il pericolo imminente di prendere fuoco.

Il vento mi colpisce il viso così violentemente che gli occhi lacrimano copiosamente. Faccio un pessimo lavoro nel tenerli aperti. Usciamo dalla valle e guardo brevemente l'orologio. Al chiaro di luna posso farlo.

Sono quasi le due. Dobbiamo aver percorso circa duecento miglia, più che sufficienti per essere sulle linee britanniche. D'altra parte temo che questa cosa si disintegri e mi sta diventando sempre più difficile controllarla.

L'atterraggio è imposto. Abbiamo fatto quello che potevamo. Sarebbe una cosa orribile morire ora, quando ci siamo guadagnati la nostra libertà dopo tante difficoltà.

scruto il terreno. Sembra di avere un tratto regolarmente pianeggiante privo di vegetazione; Ma, in questa luce scarsa, non posso esserne sicuro.

Tuttavia, decido di fare un tentativo. Scendo lentamente e quando descrivo un cerchio e vedo la terra in controluce, intravedo il luccichio della luna sull'acqua. Campi di riso! Il migliore, in assenza di un aeroporto.

"Siamo atterrati, siamo atterrati! "Urlo ai miei compagni di squadra.

Non credo che mi abbiano sentito, ma i miei gesti delle mani parlano chiaro.

Il terreno si sta avvicinando rapidamente. Rallento e aziono il joystick nel modo più fluido possibile.

Al primo contatto, acqua e fango volano nell'aria, schizzandoci, ma non importa. Di nuovo su tutta la risaia e i pattini in stile slittino scivolano perfettamente. È uno sbarco magnifico, viste le circostanze, anche se con un finale inaspettato e imprevedibile.

La terrazza finisce bruscamente sotto di noi e mi balena l'idea che la prossima sia molto più bassa.

Cadiamo pesantemente e ci congeliamo, finalmente. Lo shock è stato tremendo. Sento un forte dolore alla gamba destra.

I miei compagni sembrano illesi. Tra loro due mi portano fuori dalla cabina di pilotaggio e sguazziamo in mezzo alla risaia. Ma non posso camminare. Quella maledetta gamba deve essere rotta.

Proprio in quel momento le cose iniziano ad accadere. Si sentono motori vicini, ci sono fari che ci illuminano e si sentono voci.

Ma, grazie a Dio, sono stati dati! Quelle voci urlano in inglese.

I primi che arrivano con noi non sanno da che parte stare, se prendersi cura della nostra gente o contemplare lo strano artefatto che ci ha portato lì.

"Da dove l'avete preso, amici? Chiede un tenente scozzese, a giudicare dall'accento.

"Sono sopravvissuti alla prima guerra mondiale" spiega un uomo divertente.

"Deve essere un raro modello di scopa" spiega un terzo. Anche stregoni e streghe si stanno modernizzando.

Alla fine veniamo trasferiti in ambulanza e lungo la strada scopriamo di essere nei pressi di Imphal. Non abbiamo fatto nemmeno cento miglia; il vento contrario, molto forte, ci lascia a malapena avanzare, ma ora siamo salvi.

A Imphal ci separiamo. Vado in un ospedale e Doris e il gurkha vengono catturati per essere interrogati dal British Intelligence Service.

La gamba è rotta, ma non è grave. Quaranta giorni in un cast e di nuovo in circolazione.

La cosa brutta è che i ragazzi dell'Intelligence vengono a trovarmi. C'è uno di loro, Colonel Graduation, che mi fa ripetere i dettagli della nostra fuga dalla Birmania più e più volte. Non smette mai di dire: "Davvero?" Degno di nota! Sorprendente!"

Allora posso parlare con i miei compagni fuggitivi. Doris è più meravigliosamente carina che mai. Mi dice che ha già avuto sei proposte di matrimonio.

Questo mi mette di cattivo umore.

"Penso che il mio dovrebbe avere la precedenza," dissi imbronciato.

"È quello che penso" sorride Doris.

Sono molto stanco. Voglio dormire, dormire una dozzina di anni, ma questo è importante.

"Ho anche pensato che Little Gurkha dovesse essere il nostro padrino" spiego.

"L'avrei richiesto", dice Doris; se non l'avessi proposto tu.

* * *

Questo è Yunnan, Cina. Tante cose sono "accadute da quando ho lasciato l'America desideroso di entrare a far parte del gruppo dei "Flying Tigers"; ma, come quasi tutto quello a cui mi ero prefissato, ci sono riuscito. Sono qui, nonostante tutto, pronto a volare con questa famosa unità.

A Madras c'è un bel "bungalow" dove mi aspetterà Doris. Ci siamo sposati un mese fa, quando sono uscito dall'ospedale, e sappiamo già molto l'uno dell'altra.

D'altra parte, aggiungerò un altro fatto: il piccolo Gurkha era, ovviamente, il nostro testimone. Così ho scoperto il suo nome. Il coraggioso sergente dei miei tempi birmani, ora tenente, si chiama "veramente" Rashmon Benagar.

Proprio oggi ho ricevuto una lettera da entrambi. Doris mi dice che sta bene, ma che devo chiedere il permesso la prima volta, perché è molto sola. Rashmon, d'altra parte, desidera ardentemente quei giorni della nostra epopea.

"C'è molto movimento sul fronte birmano", mi dice, ma è tutto molto diverso, capitano. Penso che abbiamo avuto un momento migliore allora. Soprattutto, quel volo magnifico, nel tuo apparato, non lo dimenticherò finché vivrò.

Da parte mia, preferisco volare con uno di questi dispositivi moderni.

Anche se, dopo tutto, penso che Rashmon abbia ragione. Quei giorni birmani non erano così male.

Ma questo appartiene al passato. Ora per combattere.

FINE

9 798201 811853